似合わない服

山口ミルコ

似合わない服

『似合わない服』　目次

1 似合わない服

2 真犯人はどこにいる？

3 五年後、

4 悲しみが病いをつくる

1

似合わない服

ヘンな生き物

　私が六本木に住んでいた頃、〈マクドナルド六本木東店〉があった。前はあったが、いまは、ない。

　当時私は朝起きると、まず着替え、そして何も食べずに外へ出ていた。着替えるといっても、ジャージである。上下ピンクの派手なその恰好のまま、会社に行くこともあった。

　何も食べないのは、家に冷蔵庫がないからである。

　六本木の前に住んでいた麻布十番のときには、冷蔵庫があった。正しくいうと、冷蔵庫をいただいた。素敵な冷蔵庫だった。それを何でいただいたのかは忘れてしまった。とにかくいただきものの素敵な冷蔵庫があったのだが、六本木に移ったら、不要になった。

　マンションの一階にコンビニがあった。さらにその頃海外に出ることが多く、一週間コンセントを抜いて放置していたら、氷が溶けて部屋中水浸しになったことがあり、その後も使わないでいたら、冷蔵庫ナシの生活に慣れてしまった。で、親御さんと同居を始めた友人がちょうどいたので、その人にゆずったのだった。

冷蔵庫がなくなったら、部屋がガランとした。あるのは、譜面台とサックススタンド、そこにアルトサックスが一本。それだけである。サックス一本しか置いていない、その部屋に遊びに来たことのある人は、あまりの生活感のなさに衝撃を受けたと言っていた。

会社（二〇〇九年にやめた）のある日もない日もピンクジャージでおもてに出て、六本木交差点に向かう、その途中にあるファーストフード、なかでもマクドナルド六本木東店に入ることがいちばん多かった。

となりにスターバックスコーヒーもあったが、そこは女学校のママさん集団に占拠されていることが多く、マクドナルドのほうが集中できた。何に集中するかって、もちろんゲラである。編集者はゲラと友だち、いつもゲラを持っている。朝マックを食べたあと、その日に会う人の原稿を読むのだ。脂《あぶら》っこい朝食のあとは、なぜか仕事がはかどった。

マクドナルド六本木東店では、いつも同じ人と会った。私と変わらぬ年の頃に見えた女性の店員さんである。彼女に「おはようございます」と出迎えられると、おぅ今日もがんばるよーという気になった。

マクドナルド六本木東店はもうないのだから、彼女もいない。どこに行ったか聞いていない。聞くすべもない。彼女はあのあとどうしただろう。

朝マックをお持ち帰り用にしてもらい、紙袋を提《さ》げて、会社に向かうこともあった。朝マックを手に出社する私を見ると、近くの席のホバラさんがいつも同じことを言った。

「ミルコさん、（そういうものを食べ過ぎると）がんになりますよ」

ある時期から、朝早くに出社することが増えた。

みんなの出社時間前に私を見かけると社長が、感慨深げにこう言った。

「きみも年をとったなァ……」

わからないが〈若くない人は朝が早い〉ということだったのか、だとしたらあたりまえである。出会った頃の社長は三十代、私は二十代、それから二十年近く経っていたのだから。

ところで社長は昔から朝が早かった。かといって社員が遅く来ることをべつに責めなかった。仕事の中身に関することではものすごくしつこいのに、それ以外のことでは妙にあっさりしていた。

私に話を戻すと、早く会社に着いてしまう、それは家と会社が近いからである。

わずか三・五キロほどの道を、私はクルマで通っていた。

当時の贅沢を、「どうかしていた」といまは思う。

しかしその頃の自分にとっては当然の行動になっていた。

足が悪かったことも、理由のひとつにはある。

左足を大骨折してしばらく歩けなかった時期があるが、右足は動いたので、運転していた。

かといって純白のベンツである必要はまったくなく、ピンクジャージ上下に金髪で朝マックの袋を抱えてそのクルマから降りてくる人（＝私）は、なんて怪しげなのだと思われていたふしがある。後輩にあとで聞いた話だ。

私のことを当時の若い社員がどう思っていたか？　去年ある雑誌が私を取り上げてくださったときに、編集部の方が取材をしたところ、「ヘンな生き物だと思っていたんじゃないですかねー」と言っていた、そうな。

純白のベンツをどこに置いていたかというと、家の近所に停めていた。そこには私より少し若いお兄ちゃんがいて、彼が毎月三万円を渡せば停めさせてくれるというので、お願いした。

お兄ちゃんはいつも駐車場にいた。したがって私は毎朝、その駐車場のお兄ちゃんや、マクドナルドはじめスタバやサブウェイの店員さんたちと「おはよう」と言い合い、彼らに「いってらっしゃい」と見送られて、会社に出かけていた。幸せな、朝のひとときだった。そのほかすべてはここに挙げられないが、さまざまな六本木の人びとに支えられて、あの街に暮らしていたのである。

マクドナルド六本木東店も、スターバックス六本木五丁目店も、駐車場も、もうない。

そこで働いていた人たちも、私もいない。

ネコを買う

私が六本木に住んでいた頃、〈スーマース〉というペットショップが六本木にあった。六本木駅の裏にあるビルの一階だった。そのビルにホットヨガのスタジオが入っており、私はそこへ通っていた。いまではまったくやっていないが、ホットヨガは身体によいと思っていた。身体の硬い私でも、身体の柔らかい人になった気がするし、私は左足首に不自由があるのだが、それでも暖められた部屋の中だと多少ちゃんと運動をできているようだった。

ホットヨガのビルにペットショップがあることは認識していた。

しかし〈ペット〉を〈ショップ〉で〈買う〉なんて。そんな気など、なかった。なぜなら私は子どもの頃から父の趣味でいろんな生き物に囲まれて育っていたが、彼らはみな父がどこからか知り合いにもらってきた生き物たちだったからだ。

白い雑種犬のしろべえ、ツガイの金鶏《きんけい》、チャボ数羽、文鳥のシロとクロ、錦鯉《にしきごい》たくさん、ザリガニ数匹……などなど。生き物を飼うときは、「買う」のではなく「もらう」のだった。
そんな私が〈スーマース ペットショップ〉に足を踏み入れたのはなぜか。

あのときは、小説家のTさんに何かプレゼントをすることになっていた。お礼か、お誕生日か、理由は忘れてしまったが、Tさんは小型犬を飼っていて、そのワンちゃんを溺愛しており、犬グッズを贈ったらきっと喜ばれるにちがいないと思いついた。首輪とか散歩の綱《つな》とかごはんの器とか？ なんでもいいけど六本木のペットショップなんて、なんだかおしゃれな物が売っていそうではないか。
編集者はしょっちゅう仕事相手にプレゼントを贈っているわけではないが、そういう気を遣うこともたまにあった。もちろん逆に本の著者さんから贈り物をいただくこともある。そういえば女優のKさんからお財布をいただいたことがあった。私は財布を持つ習慣がなく（いまも持っていない）、お札入れには銀行のキャッシュコーナーに置いてある「TAKE FREE」の封筒を愛用していたが、あるとき「お財布くらい使ってね」とプレゼントしてくれた。Kさんはレディのたしなみにきびしい人で、時折一緒に食事に出かけると、レストランでお食事をするときは残してはダメなのよ、と言って、いつも細い身体をピンと伸ばして美しく座り、必ずコースをぜんぶ食べ切っていた。

ペットショップに話を戻す。

スーマースには犬しかいなかった。正しく言うと、私が以前チラッと店をのぞいたときには犬屋さんだったのである。それなのに、私が贈り物を買いに行った日にかぎって、ネコがいた。しかも一匹だけ。これをデスティニーと思わずになんとしようか。

小さくて灰色の、毛のかたまりが、ちょこんとそこにいた。

お母さんから引き離されたばかりなのだろう、かわいそうに、仔猫はひどく鳴いている。

「……か、かわいい……」

するとショップの女の子が近づいてきて、

「ハイ〜、かわいいですよね〜！　ウチは基本ワンちゃんしかいないんですけどー、たまたま（強調）、ネコちゃんが（強調）、一匹だけ（強調）、今日（強調）、入ってきたんですよ〜」

と言いながらニャンコをスッとすくい上げ、私に抱かせてくれた。

すると小さな灰色の毛玉は、私にすがりつくように爪を立てて、いっそう鳴いた。

「お客さんのこと、もうお母さんだと思っているみたい……♡」

……。

あれが、ペットショップ店員さんの殺し文句だったと、いまならわかる。

それでも当時の私（四十歳・独身）は「お母さん」と呼ばれたことに、ちょっとうわずり、しかも私がこの子をなんとかせねば、という誰からも頼まれてないのに強い使命感にかられて、連れ帰ることにした。プレゼントの件は、すっとんでしまった。Tさんに何を贈ったか、まったく覚えていない。


私はあのときたしかその場でカードを切って、ネコを手に入れた。

一五万円もした。

それを実家の両親に報告すると、

「ミルコはとうとうアタマがおかしくなった」と嘆いた。

私は「お母さん」と呼ばれて彼女を連れ帰ったが、すぐに子育て放棄した。

赤ちゃんネコには一時間おきに、お湯でふやかした軟らかいごはんをいちいちあげなければいけないことなど、聞いていない。

私はネコを乗せたベンツをいそいで実家に向かって走らせ、母にネコを預けた。

それが我が家の二代目ニャンキーだ。
いまこれを書いている私の足元に、うずくまって寝ている。
彼女はもうじき十一歳になる。
あのときあの場所で、一瞬だけど私はお母さんになった。
〈スーマース ペットショップ〉は、いまはもうない。
六本木の街から〈スーマース ペットショップ〉は消えた。
前はあったのに、もう、ない。
けれどそこで過ごした時間はいまも生きていて、私もこうして生きている。

ナゾのうずまき

私が六本木に住んでいた頃、〈ギャンブルフィッシュ〉という洋服屋さんが六本木にあった。六本木ヒルズのはしっこに、あった。前はあったが、いまはない。

二〇〇三年春に出来た六本木ヒルズは、ヘンなかたちをしているなと、工事中から思っていた。というのはたまたまジャズ仲間が六本木ヒルズ建設の仕事に携わっており、一人は工事の設計士だったが、たいへん苦労していた。さらにもう一人、六本木ヒルズに出店されるファッションブランドの建築デザインをしていたので、ショップオープン直前に、出来立てホヤホヤの店内を見せてもらったことがある。入ってみると、中は真っ白で眩《まぶ》しく、天井は高く、店内はとてもステキな空間なのだが、スペース全体ということでいえば、どこかヘンだと感じた。

磁場が狂っている？　ここは魔界？　土地がヘンなのか、私がヘンなのか、よくわからないが、とにかくあのエリアに入ると平衡感覚がなくなるというか、ナゾのうずまきに巻き込まれていくような気がした。

しばらく経ってそのお店はなくなってしまったのだが、あの中のどこにあったのか、私はいま思い出せない。じっさい私が行ったことさえも、すべてなかったことのような、幻のような、気がしてしまう。

私はその後、〈ギャンブルフィッシュ〉という洋服屋さんを見つけ、ほぼ毎週末、ごはんを食べがてら、家から歩いて五分の六本木ヒルズへ向かった。

九〇年代はずっと土日関係なく働いていたが、ミレニアムを数年越えたあたりから、土日に仕事が入ることはしだいに減っていった気がする。私の会社の人たちはやる気マンマンであったが、仕事相手や世の中全体が、「土日は休みましょうね」というムードに変わっていったのである。

したがって、土日にひとりでごはんを食べることが増えた。

とつぜん何かが入ることもあったし、土曜の朝から社長の電話があるので、つねに気が休まらず、実家に帰ったり、友人と旅行したりといったことにもいまひとつ前向きになれない。

何もない週末、ふら〜っと、ナゾの磁場に吸い寄せられるように、六本木ヒルズに向かうことが多くなった。

六本木ヒルズで方向感覚および平衡感覚を失い、うずまきに巻き込まれるようにして重力を失い、人工庭園やコンクリートの城の中をただよう——それに心地よさを感じていたのかもしれない。

〈ギャンブルフィッシュ〉は、ナゾのうずまきの入口にあった。

そこに寄るのは楽しかった。かといってお店の人がチヤホヤ迎えてくれるわけでもなく、好きなブランドだったのかと訊かれれば、微妙なところだ。

それでも南国のオウムのような色とりどりの模様の服や靴が並んだお店に足を踏み入れるとき、「ロサンゼルスでショッピング」の気分になる。もちろん服もときどき買ったので、気づけば私のクローゼットはギャンブルフィッシュだらけになっていたのである。

そのほとんどが、ワンピース・ドレスだった。しかも南国のオウム風なのだから、会社員が平日着るには派手すぎると、まともな人なら思うだろう。

そのうえ、ワンピース・ドレスはほぼ一〇〇パーセント、ポリエステルで出来ていた。キャノンボール・アダレイの『サムシン・エルス』やソニー・クラークの『クール・ストラッティン』など、ジャズの名盤で知られる「ブルーノートレーベル」を創ったアルフレッド・ライオン（一九〇八～一九八七）は、自分のプロデュースするミュージシャンにはなるべく上質のスーツを着られるようにはからい、ポリエステルの服は着せなかったという。

当時のニューヨークでは貧しい人がポリエステルを着て、ポリエステル・ピープルと呼ばれ幾分差別されていた経緯がある。その話を本で読んだとき、ポリエステルにはポリエステルの良さがあるとはいえ、我がクローゼットを占領するポリエステルの服の山を思った。日替わりでそれらを身にまとっていた当時の私は、すでに狂った磁場のほうへ、導かれていた。そこへ自らすすんで巻き込まれていったくらいなので、オウムだろうがポリエステル・ピープルだろうが、へっちゃらだった。

私はいろいろ買うわりに、ブランドについてはよく知らなかった。

それが自分に似合っているかどうかについても、さほど関心がなかった。いまさらながら、どうかと思う。

「似合っていない」とは、誰も教えてくれない。

似合わない服を似合う服だと思い過ごし、それがほんとうの自分だと思い込んでしまう。

似合っていないかも――？

それをどこか心の奥底で気づき、問い合わせしたくなるときが、あるタイミングで訪れる。

しかしそれは一瞬のことで、日常のマターをまわしているうちに見失う。

また、訪れる。また見失う。


その服が似合わない服であるかぎり、いくらでも服を欲しくなる。

そのために散財し、家の中は似合わない服であふれてしまう。

いらないものを買うために仕事をするようになる。

消費できることが自由であると、思い込まされて、一生かかっても着られない量の服、一生かかっても使い切れない物、だらけの家に住むことになる。

手で持てる以上の物があっても持てない、所有から解放されることを望みながら、なかなかそこから出られない――。

近いうちに、うずまきの入口にもう一度、立ってみよう。

まっくろう

私が六本木に住んでいた頃、〈まっくろう〉というレストランが六本木にあった。若輩《じゃくはい》が気軽に行ける店ではなく、私の場合は元いた会社の社長や作家の先生に、当時の〈まっくろう〉へ連れて行ってもらえたことは幸運だった。

〈まっくろう〉でシェフやスタッフとやりとりするときの社長は、ものすごく大人に見えた。まあ私より大人なのは当然だが、なんというか、そのやりとりに歴史を感じた。お店に通うということは、お店でお金を使い続けることであり、健康を保って飲み食いし続けることでも、ある。ようはずっとあるシーンで元気で活躍していなければならない。

私は六本木に住み着いた当初、〈まっくろう〉のとなりだっていうだけで、なんか興奮したが、閉店してしまった。

しばらく経って〈まっくろう〉のスタッフの方が、〈サロン・ド・グー〉というお店をたちあげた。私が会社をやめる少し前（二〇〇八年ごろ？）だったように記憶しているが、友人と二人で行ったことがある。

「すごく美味しいねー！」

「でも、高いね〜！」

そう、自力で行くと目玉が飛び出るってことが判明したのだ。

こんど来たいときは、誰か立派なおじさんに連れてきてもらおう、という話でまとまった。


編集者の役得ってことで、在職中にはあらゆる東京の名店へ行かせてもらったものだった。

西麻布のキャンティに、偉いヒト抜きで初めて行ったときには緊張した。ミュージシャンのＯさんと、月刊誌でのコラムの連載が終わったので打ち上げしようということになった。どこに行きたいか彼と話したところキャンティへ行ってみようというので、私たちは六本木の青山ブックセンターで待ち合わせをした。

ファンに見つからないかと周囲をきょろきょろしながら店内をさがし、雑誌の棚の前で一人立ち読みしていたＯさんを見つけた瞬間の喜びを、いまもよく覚えている。私を見て「おぅ」と彼は言い、並んで歩いて西麻布へ行った。

私たちは同い年で、お互い二十代だったと思う。料理やワインのことなどろくに知らない若ぞう同士で慣れない店に行き、いま思うと赤面しそうなおぼつかなさで前菜をあれこれ取って、最後に仔牛のカツレツのようなものを食べるという贅沢をした。

食べ終わってキャンティを出て、西麻布の交差点にあったレッドシューズというバーで飲んでから、私は会社へ戻った。当時は仕事関係の人との会食や飲み会が深夜まであろうと、必ず会社に戻ったものだった。会社に戻って、せっかくいただいたごちそうを、ぜんぶ吐いた。

仕事でごちそうにありつく機会には多々恵まれたけれども、食べ終わって、そのあとまったく味をおぼえていない、もしくは食事中に気を遣いすぎたりして、食後にぜんぶ吐いてしまうということは、若いときのみならずあった。腕をふるってくれたシェフやサービスしてくれたスタッフの方にはじつに申し訳ないが、それが「仕事ごはん」である。

仕事では仕事相手であるその人の好きな（もしくは好きそうな）お店を選んで行く。忙しい人が相手なので、日にちをいただいたらその日にお店に行って、その人の好きな物を一緒に食べる。私個人の食べたい物や気分、行きたいお店はあまり関係ない。毎日違う人と会うので、フレンチやイタリアンのコースをみっちりの翌日、お寿司屋さんのカウンターで大トロをいただくなんてこともあった。

いまでも忘れられない、そしていまでは信じられないのが、ミステリー作家のAさんと京都のすき焼き屋さんで、手のひら大の分厚い牛肉を三枚食べたことだ。あのときほど全身の血液を胃に集中させたことはなかったかもしれない。

まあ在職中からけして丈夫ではなかったのだが、そんな私でも顔なじみとして行けるお店は仕事を重ねるごとに増えて、知る人ぞ知る隠れ家レストランみたいな場所や、美味しいお酒を丁寧に出してくれるバーなんかもあった。

退職してしばらくで、あちこちのお店からの案内は途絶えた。みんな、お金を使わない人にもう用はないのである。会社をやめれば関係は切れる、ましてや大病などしてしまえば「もう仕事をしない人」として忘れ去られていく。

ところが、誰からも案内は来ない……はずの私にお便りをしつづけてくださった奇特なレストランがある。さて、どこでしょう？

それがよりによって、自力では行けない店〈サロン・ド・グー〉なのである。

〈まっくろう〉から〈サロン・ド・グー〉に移ったスタッフ、ヨシダさんだけは、なぜか私に連絡しつづけてくださった。

毎年、必ず、「私たちはおかげさまで、〇周年を迎えました」というそばに、手書きのメッセージを添えて。ほとんど仕事をしていない私が、たまたまどこかに書いた拙文をご覧くださったのか、「お元気でご活躍ですね」などと書かれてある。

それを受け取って、ぜんぜんお元気でご活躍ではないのだが、ヨシダさんありがとう、こんな私を忘れずにいてくれて……と何度も思った。もう社長にお伴することも、作家さんや女優さんをお店に連れても行くこともない、私なのに。いつかもう一度、〈サロン・ド・グー〉でごはんを食べる日はくるだろうか――そう思いながら、何年経っても行けそうもなくて、ほんとうにごめんなさい。

すべてを失っても

私が六本木に住んでいた頃、〈スイートベイジル〉というライブレストランが六本木にあった。

六本木駅そば、郵便局の裏にあり、木造の外壁に囲まれている。都会の雑踏の中にありながら、緑の丘のような、異空間だった。バンド仲間のウェディングも、多くのミュージシャンとの出会いや再会も、そこにあった。

あの場所には、いやな思いが一つもしない。楽しかった思い出しか、ない。なのに、六本木の街から〈スイートベイジル〉は消えた。

前はあったのに、いま、ない。

けれどそこで過ごした時間はいまも生きていて、私もこうして生きている。

お店で働いていた人も、ステージで演奏した人も聴いた人もみんな、寿命があれば死なないし、寿命があれば生きていて、寿命が尽きても、私たちのたましいは消えない。

その〈スイートベイジル〉で働いていたナカムラ君から、久しぶりに連絡をもらった。

〈EQを観に来ませんか?〉

しばらく失業していたナカムラ君は、六本木の新しいライブハウス〈クラップス〉に移っていた。

EQは、サックス奏者・コイケさんのバンド、といってもジャズのカルテットである。


私がコイケさんと最初に会ったのは、九〇年代の半ばごろだった。

当時の私は、文芸の他に芸能の書籍や雑誌も多数手掛けていたので、いわゆるJ-Pop業界とやらにどっぷりと浸《っ》かっていた。

アーティストとよばれる人びととの付き合いや、レコード会社、芸能プロダクションとの打ち合わせや会食が、六本木や西麻布で毎晩のようにあり、武道館をはじめ首都圏や地方のアリーナなどのコンサート会場へ、足を運ぶのが日常だった。

そんななか、ある人気アーティストYちゃんの紹介で、私はコイケさんと会った。

その晩遅くに、恵比寿の狭いバーで、三人でお酒を飲んだ。

Yちゃんは私が学生時代にジャズ研でサックスを吹いていたのを知っていて、自分の信頼するミュージシャンであり、人気サックスプレイヤーの一人であるコイケさんを、私に引き合わせてくれたのだった。

会ってみると、大ステージで豪快にブロウする人と思えないほど、彼は控えめな人物だった。じっさいは大柄なのに、小さく見えた。

あれから、二十年の時が流れた。


私と同じくナカムラ君から誘いを受けていたデザイナーのツチヤさん（ビッグバンドジャズ愛好者のためのフリーペーパー「BIGBAND!」を編集・発行している）と〈クラップス〉で待ち合わせた。

千代田線を乃木坂で降りて、六本木交差点に歩いて向かう。

ア〜私の街……って、いまは住んでないけど、なんか落ち着く。

いまだ六本木は東京の中でも私にとって特別な存在なのだ。

ぶらつく途中、あの店がない、この店はある、ある、ない、ある、ない、……と、街の変わりようを確認する。

私の通ったお店の半分以上が、なくなった。

それでも残っていたお店を、用もないのに覗いたりしながら進んでいくうち、かつて住んでいたマンションに着いた。

当時、この場所で不良外国人同士の抗争による、殺傷事件があったことは忘れられない。

マンションは中庭のようなスペースを有しているのだが、ある朝、私が起きて外に出ると、そこが血だらけになっていた。朝方、大きな悲鳴を聞いた。あの瞬間に、殺人がおこなわれたのだろうか……。

警官の人たちが駆けつけ、現場を取り囲んでいた。

「何があったんですか？」とジャージ姿の私。

「縄張り争いだね～、外人さんの」と刑事さんのような人。

殺人は毎日ではなかったが、そうした酔っ払い外国人らが毎晩のように呑んで騒いで暴れていた。

深夜から朝まで、騒ぎはつづいた。私はたいへん寝つきが良く、眠りが深い。そんな体質でなかったら万年寝不足となり、とてもじゃないがあの街に住めなかったと思う。

不良外国人台頭の一方で、信心深いクリスチャンのフィリピン人が多くいた。マンションの一階に、彼らが小さなフィリピンレストランを出した。私はその店にたびたびカオを出して、ごはんを食べていた。お昼頃になると、フィリピン大使館で用を済ませた人なのか、教会の帰りなのか、どこからともなくわらわらと大勢のフィリピン人が集まってくる。私はそこで「ミルキー」と呼ばれ、インチキな英語であれこれしゃべってみんなと仲良くなった。彼らはいまもいるのだろうか――と思ってマンション付近をうろついていたら、なんと奇遇なことに、

『あー、いたーっ……！！！』

……いたけど、声をかけることはできなかった。なぜなら私はここを去るときにお別れを言っていない。だからどこからまた始めたらいいのかわからなかった。

〈クラップス〉は、私の住んでいたマンションの目の前だった。

〈クラップス〉が出来る前か、そのまた前か、私の住んでいた当時はファミリーレストランだった。そこで私はよくゲラを読んだ。家で仕事に集中できないときに、書籍一冊分のゲラの束《たば》を抱えてたびたび行って、ドリンクバーとシュリンプサラダをついばみながら、原稿を読んだ。あの場所が、いま姿を変えてナカムラ君の職場となり、その夜、ＥＱのステージとなっていた。

演奏は、見事だった。

すべてをかけて事を極めた人の凄みとは、ああいうものだ。

楽器を完璧にコントロールしながらも人間味あふれる美しい演奏だった。

一緒にライブを観たツチヤさんは、「やっぱりこの分野の最高峰ってかんじでしたね」と言った。

この分野、とはジャズを指している。まったく同感であるとともに、この分野（Jazz）、のみならず、あの分野（Pops）、でも最高峰のプレイヤーであったことも、忘れておけない。コイケさんはJ-Pop界でさんざん活躍したあと、そこでのポジションを捨てて、いったんゼロになり、ポップスよりぜんぜん儲からないと言われていたジャズを、一から勉強し直した。人気アーティストのお抱えプレイヤーとして、贅沢なホテルに泊まり高いギャラをもらうツアーともお別れをして、孤高のジャズプレイヤーとして生きる道を、選んだのである。

ライブのあった夜おそく、久しぶりに再会したコイケさんから、メールをもらった。

〈ジャズはやっぱり楽しいですね。ミルコさん、サックス吹いてますか？〉

あたたかな問いかけに、胸がいっぱいになった。

私はしばらく演奏活動から遠のいていたので、仲間とのライブの楽しさ、なつかしさが込み上げてきた。

真正面で見たＥＱのライブを反芻《はんすう》する。

正々堂々と、頂点へ駆け上がる音の、なんと純粋だったことを。


メールにはつづけて、こう書かれてあった。

〈すべてを失っても、やってきて本当によかったです〉


やっぱり消えてない。

こうして再会は祝福されているではないか。ぼう大な時間が流れても。

このあと生きているあいだにどれだけのことができるかわからないけれど――

過ごした時間分の重みをたしかめるように、生きていきたい、そう思い直して、返信キーにそっと触れた。

※ＥＱ＝　Sax小池修　Piano青柳誠　Bass納浩一《おさむ》　Drums大坂昌彦
によるアコースティックジャズユニット

2

真犯人はどこにいる？

真犯人はどこにいる？

がんになったとき、自分を責めた。

犯人は、私自身である。

しかし本当にそうだろうか？

がんを克服し、回復し、時間が経ったいま、考えは変わりつつある。

「いったい私の何がいけなかったのか――」

がんが発覚した当初、私はさまざまな角度で、自分の過去を検証、反省した。

たとえば、食生活。ある本によると、肉類や乳製品が乳がんを引き起こす、らしい。

ところが、である。

先だってバイカル湖を訪れる機会を得た。

北半球に大きく翼をひろげるユーラシア世界の中心にある、三日月形の美しい湖である。海のように広く、世界一の透明度と深さをもつ。

あのあたりにはロシア連邦を構成するひとつのブリヤート共和国がある。風と草原の国だ。ステップ気候で、つよい風が吹いている。ブリヤート人がいまも多く暮らしているが、彼らの食生活は一〇〇パーセント肉と乳製品である。

　私はクルマでバイカル湖を半周した。

　バイカル湖観光の入り口であるリストビャンカという町以外に、人のいる地域などほぼないが、時折ごく小さな村にぽつんぽつんと出会う。そこに暮らす村人は、マラコ（牛乳）が大好物だ。

　丸太で手作りされた小屋で必ず牛と暮らしており、毎日大きな瓶いっぱいのとれたてのマラコを、飲んでいる。ごくんごくんと音を立てて飲む彼らと接したとき、私の中で何かが弾けた。

　力強い、何かが。それはきっと「生命力」と呼んでいい。

　大地に足を踏みしめ、仁王立《におうだ》ちで腰に手を当てて、私もマラコを飲んだ。真っ青な空を仰ぎながら。

　牛乳を飲んだのは、六年ぶりくらいだったと思う。

　抗がん剤治療を始めてから、いっさいの乳製品を絶っていた。それが正しいのだと、思い込んでいたからだ。

　ブリヤートのマラコは、大地の味がした。そこに生きる彼ら――草原で生きる民と、私は同じ生き物だったはずである。どこでどう間違えてしまったのか。見るとどこか顔も似ている。バイカル湖周辺から私たちの祖先はやってきたとも言われている。

私はこのあとの人生で、再び腰に手を当て空を見上げて、ごくんごくんとマラコを飲むだろうか。

ブリヤートの精霊たちに、一瞬の力をもらっただけだろうか。

そうだとしても、私はやはり謎を解きたくなった。「真犯人はどこにいる?」のかと。

私は変わりたくなかった

私は二〇〇九年三月末まで、出版社につとめていた。

退社したのは、がんになったからではない。

「もうやめよう」と思ったからやめたのであり、がんが退社の原因ではないが、決意した頃にはすでに、かなり具合が悪かった。

正式ながん告知を受けたのは退社後、である。

そこで私は、それまで二十年にわたり懸命に打ち込んできた仕事へのエネルギーをぜんぶ、一気にがん研究へ、注ぎ込むことになる。

あの時の、すさまじき方向転換のさまは、我ながら、いま思い出してもすがすがしい。

私は、がんが怖くて怖くて、仕方なかった。

私が死より恐れていたのは、自分が変わってしまうことだった。

私は変わりたくなかった。だからあらゆる本を読んで学び、変わらないようにしようと考えた。

社長が言っていたことを思い出す。

「がんの本は、売れないぞぅ」

いまはどうだか知らないが、なるほど自分が当事者になってよくわかった、怖くて読めないのだ。読者となるべき人が、避ける。本を作っても、もっとも読んでほしい人たちに、読んでもらえないのである。

さらに、それを書いた人が亡くなったりすると、もう本はまったく動かなかった。どんなに良い本でも書いた人が亡くなってはダメなのである。私はそれをわかっていたので、なにがなんでも生きて、当事者が読んでも怖くないがんの本を、書こうと思った。

自分で本を書くなど考えていなかったのに、私は私と同じ目に遭う人へ、どうしても伝えたくなった。どうしても言いたい、言いたいことが発生した、書かなければ死んでしまう――あの時私は書かなければ死んだ。「これをどうしても言うぞ」ということだけを支えに生きて、生き延びた。「自分が変わってしまうこと」を死よりも恐れていたというのに、結果、私は「変わった」のである。

私自身の変化など、世の人びとにとってどうでもいい。私は「ある例」に過ぎないが、「ある例」の検証が、何かを突破することがある。

とことん堕ちて考えること

「告知を受けた日」というものが、私にもあった。

じつは二度、がん告知を受けている。

一度目は、首都圏郊外のクリニックで。夜その病院を出た路上で、大声を上げて泣き叫んだ。駅につづく道に人はなく、自分だけにぼんやりと街灯の灰色が注《そそ》いでいた。

誰も私を見ていなかったと思う。

誰かが見ていたとしても、私は泣き叫ばずにおれなかった。

ふらふらと歩きながら、胸にせり上がってくるのは「どうして私が。」という想い、その一点に尽きる。

二度目は、桜の季節だった。病院を出てすぐにクルマを走らせた。ぼうぜんとし、ただ前を向いて、ハンドルを握りアクセルを踏んだ。着いた先は都内のチェス教室で、一緒に通うはずだった学生時代からの友人が待っていたが、私は彼に何も言うことができなかった。言うべき言葉をすでに失っていた。外は晴れているのに、何も見えない。

「目の前が真っ暗」とは、ああいう日のことを言うのかと、いま思い出しても胸が痛む。

当時私の心を占めていたのは、自分を責める言葉であった。

「悪いことをしたのだろうか」

「何がいけなかったのだろうか」

「やっぱり私が悪かったのだ」

自分を責めて、うつになる。

何人もの同病の患者の方が、うつ病を併発し、大量の薬を飲んでいた。

私の気持ちも、堕《お》ちるところまで堕ちた。

堕ちるところまで堕ちたとき、床でボールがバウンドするように、気持ちは上へと跳ね上がってくる。

あとはひたすら、目の前のことを、やった。目の前は暗いのだから、見える分だけ、である。見える分だけでも、「負けてたまるか」でやった。

病いが罪だなどと、いまは思わない。必要だったのは、とことん堕ちて考えること、とことん堕ちなければ考えなかった。

これからどうなるかわからない私

いくつもの「検査」の先に、「治療」がある。

「治療」は苦痛をともなうが、いまから思えば「治療」の前の「検査」から、苦痛ははじまる。

当然ながら、細い血管に針を刺される。腕の血管に、胸の血管に、いろいろ刺される。大きな機械に乳房を摑《つか》まれ、圧《お》し潰《つぶ》される。放射線も、じゃんじゃん浴びる。それらを何度も繰り返す。

私は病院をなかなか決められなかったので、「治療」の前のたび重なる「検査」だけで、すっかりクタクタになっていた。しかし「検査」をしなければ先はないのだから、「検査」は受けなくてはならない。

難儀《なんぎ》なのは、「これからどうなるかわからない私」と向き合うことだ。

「これからどうなるかわからない私」と付き合うこと、と言っていい。

治療の方針が決まってからは、とにかく「やることを、やる」。

「やることを、やる」は、やるしかない。それより「方針が決まるまで」が苦しかった。何事もそんなものかもしれない。

世の中では「検査」が奨励されているけれど、忙しい人はなかなか行けないだろう。私も会社があった頃は、具合が悪くても見ぬふりをしていた。結果、患部が痛みを発するに至り、放っておいたがために酷《ひど》い目に遭ったが、来るべきときが来るまで、どうにもできなかった気がしている。

それでも、来るべきときは、来る。

その日まで走りつづけたことを、後悔はしていない。

予防できるものはすればよい。

私にだってもっと賢いやり方が、手の打ちようが、あったのかもしれない。

しかし、あのとき私は回避できたか？——できなかったと思う。

「検査」は抑止力になるか？——私の場合はならなかった。

いま私は再発がこわい。再発をおそれて、毎日を暮らしている。

毒をもって毒を制する

いまでこそ薬に頼って暮らしていないが、かつて薬に助けられ、命拾《いのちびろ》いしたのだという事実。その事実の前に、私はひれ伏している。

ありがたいという感謝の気持ちを忘れてはいない。

その一方で、薬の恩恵を受けたことに恐怖を感じる。私を助けてくれたあの薬の開発のために、どれだけ多くの生き物たちが、命を失《な》くしてきたのだろう。

どんな小さな動物も、虫も鳥も植物も、生き物は生き物。日々食べて息するだけで他の命を奪っているというのに、薬を必要としなければならない病気をしてしまうという恐怖。そして、もしかしたら非道な実験がかつておこなわれ、その結果生まれた何かの恩恵を受けたのかもしれないという恐怖。恐怖が恐怖を呼んで、考えはじめると止まらない。

がん細胞を攻撃する薬剤を全身に撒《ま》き散らす抗がん剤治療。がん細胞の分裂増殖を抑制する「抗がん剤」は、一九四〇年代に化学兵器の副産物として生まれた。国と国が戦って、命を奪い合う戦時。相手を殺せ。敵はどうせ死ぬのだから、どうせ死ぬ肉体をどう扱おうと、かまうまい——、もしもそのような、あってはならないやり方で、開発された薬だとしたら——？

毒をもって毒を制する抗がん剤。使われた薬剤に対抗する菌（耐性菌）が生まれ、次から次へとがん細胞は抵抗力を獲得してゆく。

毒につぐ毒の応酬によって生まれた悪魔の薬。その応援を受けて、正常細胞が勝つか、がん細胞が勝つか、軍配はどちらに——？

おそらく絶妙なタイミングでその薬を打たれたがために、がんの拡散と増殖は食い止められた。そうして生き延びた私に、このあと何ができるのか。

生きたくても生きられなかった人たち。

待つ人がいたのに家に帰れなかった人たち。

相手を助けたかったのに助けることが許されなかった人たち。

その人たちのことを知る。そして忘れない。できれば伝えつづける。最期《さいご》まで勇敢だった人たちのことを。

「がんにならない国」

放射線治療は、痛くも痒《かゆ》くもないありがたい治療だと人から聞いていたし、じっさい自分で受けてみて、そのように思っていた。

そして、私が放射線治療を受けた一年半後に、東日本大震災が起きた。それによって引き起こされた原発事故は、私たちの従来の意識に大変革をもたらす。あの事故は天災でなく人災だと、多くの人が原発の問題点を指摘し、事実を明らかにしようと試みたことに私は敬意をもっていたが、自分自身はまだ病み上がりで、ぼうっとしていた。

原発事故の放射能と、自分の体験したがん治療の放射能が、私の中で一致するのに時間を要してしまった。

あれとあれが、同じもの……？

私の友人の中には放射線治療中に気分がわるい、だるい、食欲がわかない……などと不調をうったえる人もけっこういた。しかし私に自覚症状はまるでなかった。

治療中からカゲもカタチもない、治療後に日焼けあとは残ったがやがてうすくなり、いまでは消えている、このアシのつかないナゾの物質・放射線とはいったいなんなのか――。

がん治療中一ヵ月半にわたりみっちりお付き合いした仲だというのに、私は放射線のことを何も知らなかった。

もしかしてあのとき私が放射線治療に何も感じなかったのは、私の身体感覚が相当低下していたからではないか。がんのかたまりが痛みを伴って声を上げるまで従来のライフスタイルやシステムの問題を放置しつづけ、それに慣れ切ってしまっていた身体だった。まともな状態であれば途中で気づいたはずである。

同様にあの原発事故が起きるまでは、多くの人が知らずに過ごしていた、無味無臭の毒に浸かる日がくることを。

いまでは私たちは以前よりずっと敏感になっている。次から次へと我々を襲ってくる、正体不明の巨大な化け物について――考えている。もっと知りたい、そう思っている。一人一人のそうした思いが、この先「がんにならない国」をつくるだろう。本番は、これからだ。

まわりの人びとよりだいぶ遅れて、私は原子力関連の本を読んだ。

夢をもって研究に入り、身も心も捧げてきた人を絶望に追い込んだ、それについて書かれてあった。ただ私がいまここで書きしるす用意があるのは、なぜ原発が危険かではなく、人類にとって恐ろしく悲惨な事態を引き起こす可能性のあるそれを用いてでないと消せない、難物について、である。

毒をもって毒を制す、放射線治療も抗がん剤治療もいってみれば同種の手法、そうすることでしか立ち向かえない、それを自分の体内にはぐくまざるをえない、地球上における人間の悪事、愚かさの歴史に目を向ける必要がある。

ウソをついて、そのウソをかくすためにまたウソをついて、そんなことをあらゆるジャンルで、いったいいつまでやりつづけるんだ、そんな怒りさえ込み上げてくる。

放射能の恐ろしさを私が身をもって語ることはできないが、恐ろしいものであろうことは想像がつく。なぜなら、放射線治療を受けた部位だけ、私の肌は汗をかかない。どんな暑い日にも、激しい運動にも、湿ることのない私の右半身。放射能を受けた一帯の細胞は、生きているのに死んだも同然、見た目は全く変わらないのに、中身だけが変容してしまった。一度こわれた細胞が戻ることは、二度とないのである。

マタネ。愛シテル

2008年秋。私はニューヨークにいた。

この日、リーマン・ブラザーズ破綻というニュースが世界を駆け巡り、街中は歪《ゆが》んだ空気に包まれていた。

これからいったいどうなるのか。どうやらさらに時代は大きく変わる。まだ呆然《ぼうぜん》としながらも、生き物として肌で察知している、いまにしてみればそうした人びとの不安感が、世界一の大都市を暗く覆い始めていたかもしれないが、そんな風潮を感じさせない、一人の爽やかな青年と、私は会っていた。マンハッタンの一等地のペントハウスで。

彼の名はマックス・ブロックマン。ブロックマン社社長でありニューヨークの名物編集者ジョン・ブロックマン氏の息子である。

私は『アレックス&ミー』の打ち合わせで、ブロックマン社のオフィスにマックス氏を訪ねていた。

（『アレックスと私』アイリーン・M・ペパーバーグ著　佐柳信男訳　幻冬舎刊「協力者あとがき」より）

『アレックス&ミー』は、アメリカの出版社ブロックマン社の本で、著者はアイリーン・ペパーバーグ博士、アレックスとは研究者であるペパーバーグ博士の飼っていた、また研究対象でもあった鳥（ヨウム＝オウムの一種）の名前である。

私は会社をやめる直前まで、これの日本語訳本を出版しようと動いていた。版権の直接交渉のため、ニューヨークにも足を運んでいた。

契約を済ませるも私の退社に刊行は間に合わず、私の闘病もあって時間がかかってしまったが、最終的に会社の仲間がかたちにして世に出してくれた。右の文章は、退社後の私が本に寄稿した「協力者あとがき」の一部である。

これがどんな本かというと、「オウム（本の中ではヨウム）には人間の三歳児と同じ知能と感情がある」ことを、ペパーバーグ博士が三十年にわたり研究した記録だ。と同時に、How a Scientist and a Parrot Discovered a Hidden World of Animal Intelligence-and Formed a Deep Bond in the Process（科学者とオウムが動物に秘められた知能の世界を明らかにし、その過程で結ばれた物語）との副題のとおり、鳥と人間の愛と交流の物語であり、さまざまな既存の壁を乗り越えなければならなかった女性研究者の成長物語――ペパーバーグ博士の自伝的要素も――でもある。

アレックスは二〇〇七年九月に、三十一歳で亡くなっている。「鳥は、思考して話す」という驚愕の事実を証明して――。訃報《ふほう》の翌日、ニューヨークタイムズ・電子版に、次の論説記事が掲載された。

「オウムのアレックス」

動物について考えること――とくに、動物が考えることができるのかどうかについて考えることは、マジックミラーを通して世界を見るようなものだ。たとえば、マジックミラーの反対側にアレックスがいるとしよう。(中略) 驚くほどの語彙《ごい》力があり、抽象的な概念も理解できるアレックスをミラー越しに見たとき、彼の姿の中にどれだけ私たち自身の姿を見ることができるのかが大切なのではないだろうか。(中略)「彼を対象とした研究の」真の価値は、私たちが驚きだと思うような発見の中にこそある。彼の研究を知って気づかされるのは、いかに私たちが身のまわりにいる動物の能力を不当に過小評価しているかということだ。

（筆者はヴァーリン・クリンケンボーグ氏、引用は『アレックスと私』第一章より）

「動物に感情があるか？」の論争はいまもつづく。

『アレックス＆ミー』では、五〇〇グラムに満たない羽のかたまりである鳥が、知能と感情そして意思をもって周囲を巻き込んでゆく姿が描かれている。とはいえ、翻訳の佐柳信男氏も、〈脳がクルミほどの大きさしかないヨウムがここまでの知能を持てたことは世間的にとてもセンセーショナルである。アレックスがアメリカでたびたびメディアに取り上げられたのも、「これほど小さな脳の動物があり得ないことをやっている」という見世物的な要素があったといえるだろう〉と訳者あとがきに書いている。

また、心理学者である佐柳氏は、〈心理学の「常識」はアレックスを筆頭とした動物研究を説明しきれないので、科学としての心理学は、理論の改定を求められているのだということになる〉とも指摘する。アレックスが成し遂げたことの多くは、現在の心理学の「常識」からは、外れているのだそうだ。

研究者は「証明」が仕事であるから、ペパーバーグ博士がなした「証明」のプロセスは、すでに出版された『アレックス＆ミー』日本版をぜひお読みいただくとして、「証明」が仕事でない私たちも、「動物に感情はある」と思える出来事に遭遇することがある。「ないない」と言う人よりも、「あるある」と答える人のほうが多いのではないか、それぞれの私的体験を通して。

しかしながら、いまの日本で動物と人間の関係について考えるとき、それはけして良好なものとは言えないだろう。毎日のようになされている、動物たちの大量殺戮《さつりく》。

たとえば鳥が何十万羽もいっぺんに流行《はや》り病《やまい》にかかってしまったとき、私たちは考える必要がある。人間のつくり出した環境が、鳥たちの免疫力・抵抗力を奪ってしまってはいなかっただろうか、と。日頃から抗生物質などの薬漬けになっており、身体がすっかり弱まっていたということはないか。そもそも大丈夫でなかった鳥が大勢、狭い場所に押し込められていたとしたら、あっというまに感染がひろがってしまう。

満員電車ですぐインフルエンザにかかる会社員と同じだ。日頃から疲労がたまり、ストレスを抱え、食事をとる時間もままならない。約束、締め切り、会議、に追われている。目先の利益、目先の勝利。調子が悪いとすぐに薬を飲む。次々仕事が待っているので休むことなどできないから。

いったい誰のリクエストで、こうなってしまっているのだろう?

この、やたら「次々」を求められる社会がよろしくないと、私は考えることが増えた。自分が会社をやめて、がんになって、ひきこもらなければ思わなかったことだが。

速度が落ちたことで見える風景はわるくない。それが泣きたくなるほど美しいことだって、ある。そして多くのことを教えられる。それなのに私たちは速く生産し、速くお金に換えることを、しばしば周囲から求められる。

誰が私たちを急がせているのだろう？

社長や上司といった話ではないはずだ。もっと大きなもの。目に見えない、大きな何か。

大きな何かである「それ」にまくしたてられなければ、私たちは鳥を大量殺戮する必要もなかった。「それ」が次々と「結果」を求めてくるのでそうなってしまうのである。「それ」のせいで、まわりの生き物たちの身と心をひどく傷つけている。そんなこと、したくてしている人など本来いないはずなのに、私たちを追い立てる「それ」を、どこの誰が推奨しているのか？

お肉のスピード生産のためにムリな成長を促されたり、抗生物質を投与されたり、ミルクの大量生産のために、ホルモン剤を打たれ不自然な妊娠状態をつくられる牛たちも、みんな嫌にちがいない。自分が何をされているか、おそらく彼らは知っている。そして彼らはやっぱり悲しいだろうと思う。

自然でないものを取り入れることによって、私たちのからだは不自然になる。

病気の生き物を食すれば、自分も病気になる。

悲しい気持ちで死んだ生き物を食べれば、自分も悲しみのエネルギーを受けるのである。

私がバイカル湖のそばで見たものは、どこまでも広がる青い空、白い雲、草原。たったそれだけの場所に、寝そべったり、歩いたり、立ち止まったりしている、牛たちの姿である。

あれは彼ら本来の、素《す》の状態であるように思える。誰も彼らにスピードを求めていない。その一方で、ブリヤートの人びとは肉食であり、必要に応じて肉は食べられ、皮は人間の衣類や家や靴になることもあるが、殺し合い生かし合い、ようはみんな生きていることが自然なのだ。

生き物らしく、生きている。その自然に生きている牛たちが、日本に少なくはないか。

他国からの観光客に「おもてなし」しようとも、牛を食べない人びと（ヒンズー教徒）や豚を食べない人びと（イスラム教徒）がこの地球上に何億といること、牛を神様と崇《あが》めて大切にしている民族にだって学ばなければ、それこそ日本人は「もったいない」のである。我々こそ、つい最近まで牛に手伝ってもらわなければ米を作ることさえはかどらなかった土地の民なのだから。

〈ああホモ・サピエンス、そなたはなんというぬぼれ屋なのか〉

ペパーバーグ博士は最終章でこのように書いている。

——アレックスが教えてくれた大切なことは、動物の思考が、大部分の行動学者が考えていたよりもはるかに人間と似ているということ。それは哲学的にも、社会学的にも、私たちの日常的な考え方に対してとても深い意味をもつ。つい最近までほとんどの科学者が「人間は他の生物と根本的に違う」ということを信じて疑わなかった。

アレックスの登場は、その状況を変えることになる。ホモ・サピエンスとはどういう種なのか、アリストテレスが考案した、彼の「精神」の序列によってすべての生物と無生物を階層的に分類した自然観、紀元前四世紀より受け継がれ、ユダヤ教やキリスト教の教義にも組み込まれたそれを、ダーウィンが登場しても「神がつくった序列」から「進化の序列」に替わっただけであったそれを、誰もが大きく見直さなければならなくなった——。

アレックスとアイリーンが彼らの日々において明かしていったさまざまな事実。

それは人類と地球への贈り物と言える。大量生産、大量消費、大量破棄の時代は終焉し、私たちはこれまで他の生物や自然にかけた迷惑と、自惚《うぬぼ》れ、傲慢を深く反省し、一つの世界を目指したい。動物は思考を持つ。それは感情的、希望的憶測ではない。アレックスが教えてくれたこと、のとおりである。

この変革の時代において我々はそれぞれの分野で知恵を持ち寄り、畜産や動物を使った医療用実験、加工商品製造など、さまざまな従来のシステムも見直したい。アイリーンの言う「一体感」に向かおう、力を合わせて。

（同『アレックスと私』「協力者あとがき」より）

うぬぼれで曇っていた私たちの目に、次の生き方を示してくれたアレックス。アレックスの最期《さいご》の言葉は、「マタネ。愛シテル」だった。

3

五年後、

五年生存

いわゆる「五年生存」で無罪放免となった。

しかしこの私が無罪放免などと言うのはどうかと思う。なにせ治療を途中で放棄し、薬を飲むのもやめてしまい、それから病院へ一度も行っていないのだから。経過観察さえボイコットしている。

「検査していない」と知り合いに言うと、まいど非難の嵐だ。

「検査だけは、したほうがいいよー」

みんなそう言ってくれるが、検査してまた何か見つかったらどうするのだ?

あの辛かった治療のプロセスを思い出すとそれだけで吐きそうである。

あれはがん治療で何が起こるかを知らなかったからできたことで、知ってしまった今となっては、すべきことなど一つもない。そもそもがんが見つかった時のショックを考えると、おそろしくて病院へなど行けない。

もう二度と見たくないし考えたくない。

私は、がんを遠ざけ、自分の人生とは関係ないように、していたかった。

その後、ロシアへの旅を通して、生き物と地球の関係について考えたことを本に書いた。「がんになって学んだこと」はその本に書けた、なので今後私はがん患者としてものを書くことも、生きてゆくこともないのさ、ということにしていたのである。

しかし今、こうして再びがんに向き合おうと思ったのはなぜか。


治療同期生のKちゃん（キャベツ農家）から今年の夏もキャベツが届いた。彼女にお礼の電話をかけたとき、Hちゃんの訃報を聞いた。

Hちゃんの病状が良くないことは、遠まきに聞いていた。

しかし私はがんの件を遠ざけていたので、会いに行くこともしなかったのである。

坊主頭の、彼女の細い体を、思い出している。

入院中に、私より先に抗がん剤を経験していたHちゃんの前で、私は泣いた。

抗がん剤が怖い、受けたくない、と言って泣いた。

その時彼女はベッドの上であぐらをかいて、いきなり着ていたTシャツを捲《めく》りあげて脱ぎ、私に裸の胸を見せた。

右も左も抉《えぐ》り取られた乳房の痕《あと》が、大きな傷になっていた。

それを見た私は、もう泣けなくなった。

裸の彼女の無言の訴えを、聞いた。

少年のような薄い胸で、「こうして私は生きている」と。

入院中のHちゃんの、下着を洗ったことがある。

あの時、世の中は不公平なのではと思った。

Hちゃんはもうこの世にいない。

私は生き残ったほうの人間として、考えている。

無念で逝《い》った者の無念をはらすのは、生き残りの使命である。

Hちゃんが無念だったかどうかはわからない。

しかし少なくともあんなにいさぎよくてやさしい人が、先に逝くことがあるのだといういうことに対して、私は何かをしたいと思う。

こうして今はとりあえず無事な私は、「死なずに生きた人」の一例である。その私ががん治療をやめたあと何を考えたのか、について書き残しておくことは、今後治療を受けられる方の多少の参考にもなるのかもしれないと、おそれながら考えている。

七年後、の人

私は抗がん剤を打ったびに入院していた。

通院で済ませる患者さんもいたが、私は嘔吐《おうと》がひどかったので、毎回入院した。

三週間に一度、体調をみながら打っていった。私が抗がん剤をおそれておどおどしながら入院した時、ある人と出会った。

私と同じ歳の頃に見えたその女性は、髪が長く、背の高い、きれいな人で、英字新聞を片手に颯爽《さっそう》とやってきて、私の隣の個室へ入っていった。まったく病人に見えなかった。乳がんの患者さんで個室の人も少なかった。

私が彼女の部屋を覗《のぞ》いた時には上等そうなバッグを肩から下ろし、ふうと一息ついたところだったろう。

「こんにちは、となりの部屋のヤマグチです。よろしくお願いします。（あなたも）これから抗がん剤ですか？」

彼女は乳がんが七年経って再発したのだと言った。五年以上経ったものは「再発」と呼ばないとの説もあるがその話は置いておいて、「再発」でも「初発」でも、とにかく七年前に乳がんの治療をし、七年経ってまた乳がんができたので、再び病院に来たということだった。

それを聞いたとき、軽くショックを受けたのをおぼえている。

「いったん治って、またなる」ということがあるんだ——

そして「七」という数字が脳裏に刻まれた。

七年後、私はどうしているだろうか。

まだ「初発」を治してもいないのに、私は「再発」を心配した。

「抗がん剤、こわくないですか？」

「うん、前にやってるしね。それにやらなきゃいけないし」

そう、そうなんだよなぁ……そのとおり。

スッキリとした彼女の返答に感心する。私は抗がん剤への不安を共有するアテがはずれてしまったようだった。

落ち着いた口調でサラサラと自分について話す彼女に、好感をもった。

なんだか彼女と話していると、なんてことないよ、というふうに思えてくる。

「あの、なんで再発しちゃったのですかね？」とたずねてみると、

「私ね、お酒が大好きなの。とくにワイン！　美味しいものが大好きなんだよね～」

「いいですよね、ワイン！　美味しいもの！」

そこからしばし美味しいもの談義で盛り上がった私たちは、ここが病院であって、これから魔の抗がん剤が始まろうというのにカラカラと笑い、ちょっとお酒が入ったみたいになった。

「ねえ、病院出たら一緒にイタリアンを食べに行きたいね」

そう彼女が言うので私も「いいねいいね」と言い、私たちは連絡先を交換した。彼女の字は力づよく、メモの罫線から大きくはみ出た。

英語が好きで好きでたまらなくて、たくさん勉強して通訳・翻訳者になったのだという話も聞いた。活躍中であることは、彼女の姿を見ればすぐにわかる。

傷を舐《な》めあいがちな病院内において稀有《けう》な出会いだった。


その後、彼女とは一度も病院で会わなかったし、どちらからも連絡を取らなかった。

私は壮絶な抗がん剤治療のサイクルに巻き込まれていき、それどころではなくなった。

彼女は彼女で、おそらくやるべきこと（治療）をちゃんとやり、病院を去っていったにちがいない。

けれど私はいつかどこかで、また彼女と会えそうな気がしないでもない。
そのときには、ワインで乾杯できるだろうか。
七年後、――と思いだして、急にこわくなった。

「乳がん」の三文字

私は右胸をわずらったが、右胸がなれば左胸もなるおそれがある、それが「乳がん」というものらしい。なので今の私は左胸が気になってしかたがない。

あのプロセスをもう一回やれと言われたら、私はほんとうに参ってしまう。できれば乳がんと関係なく生きていきたい。そう思っているのに、私が乳がんを忘れる日は一日もない。なぜなら世の中に「乳がん」の文字があふれている。

つづりはたいてい「乳がん」というふうに、″ガン″はひらがなで″がん″と、優しそうに書かれており、書体もどことなくやわらかい。たいていピンク色であるそれは、駅の看板、新聞・雑誌の記事や広告などに氾濫《はんらん》し、その三文字を見ない日はなく、ほかのどのワードよりもすばやく特別な勢いをもって私の目に飛び込んでくる。その瞬間、私の精神はまるごと「乳がん」にもっていかれて、誰かと話していても、何かをやっていても、そっちのほうに気を取られてしまう。

運転をしている時などはあぶない。三文字が目に貼りつき、アタマの中が「乳がん」

に支配され、数年前の危うかった記憶が引き出される。そしてすぐさま胸や腋の下あたりを触りたくなる。おそろしい〝しこり〟が出現していないか、たしかめるのである。そこで「おや？」と思うこともある。体調によって胸から腋の下にかけてのかたちや張りぐあいは毎日変化するのであって、いちいち恐れることもないとわかってはいるものの、私はいまもって慣れない。「乳がん」の三文字をやり過ごすことができない。

これは不服であるのだが、自分の力ではどうすることもできない。いっそのこと街じゅうの看板を撤去してはくれまいか。媒体に広告も出さずにいてほしい。しかしああしてつねに「お知らせ」してくれているから、私のような者にだって再発に注意できるということもあるだろう。あの三文字が抑止力になっている。だからそうか、ありがたいものだとも言えるか。

「乳がん」の三文字を見てはお酒をひかえ、甘いものをひかえ、初心に還《かえ》る。そのようにして、いまのところなんとか身体はもっている。左胸の「乳がん」が怖くてたまらないが、怖がってばかりいてもしかたがない。寿命はいつか尽きる。その日までやれるだけやるつもりだ。

病後うつ

どん底から這《は》い上がるようにして、必死で回復につとめた
努力はむくわれ、病院を出たものの、すでに会社はクビになり、夫には離婚され、子
どもたちも出て行った
誰も待っておらず、何もすることがなかった
こんなんだったら病院にいたほうがよかったではないか
治っても、しかたがなかった
自分が治ることなど、誰一人望んでいなかったのだから
目の前にやることがあり、それに必死で向かっていた治療中はまだ救われていたのだ
どれほど治療がつらくとも
病院の内側にいて、あらゆるものに守られ、みんなに優しくされて、共に病魔と闘う
仲間といた
あれはじつは夢のような時間――

治療は苦しかったはずなのに、病院の中にいたほうがまだましだと、せっかく病院の外へ出ても、また病院に舞い戻ってしまう。がん治療のためではなく、うつ病患者として、である。そうした〝病後うつ〟のようなケースはけして少なくなかった。闘病が長ければ長いほど、病後うつに苦しめられるようだった。

病院から出ても、どこにも迎え入れられなかった自分。誰にも求められていなかった自分。それに向き合うのが「治療後」である。

私自身をふりかえってみても、病院の外の世界は、以前と違って見えた。

たったひとりで歩いていくことを、そういえば倒れる前に決意したのだった、それをまともに受け入れて生きていく、試練はこれからなのだと、病院を背にした。

基本的な間違い

私の基本的な間違いは、すぐによくなろうとしたことだった。

すぐによくなるわけがない。

私の半生は、それを学ぶための旅路だったといえなくもない。

じっさい、リハビリは気の長いものだった。


右胸の乳がんから右腋下リンパ節への転移によって、私の右手はかつての自由を奪われた。

右手が少しよくなってくると、こんどはそれまで右手の分もがんばっていた左手がおかしくなった。

抜けた髪が再び生えるときには頭皮が痛み、歯が再生するときには歯茎が痛んだ。

「これでもうよくなった。さあまたがんばろう」と思っても、身体のあっちこっちで不具合は次々発生し、身体じゅうを行ったり来たりした。身体の各部位それぞれが、意志をもって働いていた。各部位たちは、それぞれの仕事をした。一カ所だけに負担をかけぬよう、あちこちで肩代わりし合いながら、身体は再生していこうとしていたようだった。

そうした経験は、がんが初めてではない。

私は大怪我をしたことがある。会社近くの明治通り沿いのレストランで食事を終えて店を出たとき階段から落ちた。

店はビルの二階にあり、外は強い雨が降っていた。

店を出て表へ通じる螺旋《らせん》階段を降りるとき、正座で滑り落ちるような格好で転落し、左足を壊した。

左足首のくるぶしの骨が粉砕し、足と脚が離れた。人工骨で足首をつなぐ手術を受けた。

あのときの痛みを表現するにふさわしい言葉を、私はいまだに持てていない。ただ、それはそれは、まったくもう二度と御免な、あの体験をもう一回しろと言われたら死をえらぶ——そんなことを言ってはいけないが、だいぶ経ったいまも、私は階段がこわい。落ちる瞬間を思い出して吐き気をもよおすこともある。そして左足はいまだに時々痛み、不自由は少々残った。

日ごろニュースで飛行機などの事故を知るとき、また、戦争のドキュメンタリーを見るとき、負傷した人びとの壮絶な痛みを、つねに思う。戦場に麻薬というものが必要であったとしたら、あの痛みにもだったのだと思わざるをえない。

私の左足は優秀な外科医によって美しく治してもらえた。なので私の抱える障害は、外見からはわからない。それでもひどく痛んだその記憶は、いつまでも私の中から消えることがない。さらにその不自由が、身体の他の部位までを、あとあとおかしくしていった。

左足をかばうので全身が歪《ゆが》むこと、足首が内臓とつながっていること、内臓から遠い足先の怪我がすべての健康を損なうのだといった当時の学びは、幼稚な私を多少辛抱づよい人間に、成長させてくれたとは思う。

車椅子生活や、杖が不可欠な歩行も、身近にはびこる社会の諸問題を私に気づかせてくれた。「人様に迷惑をかけているのではないか」という引け目に心がすさみ、くたくたになるということも。

そして再び歩き始めた私を襲ったのが本件——乳がんの兆候であった。

自分のたましいにとって何が真実か？

　がん切除の手術を受けた当時、麻酔が切れて、しばらく痛みがつづいたことは、いたしかたない。ざっくりと身体を切っているのだから当然である。しかし右腕が太腿《ふともも》大に腫《は》れ上がり、手も指も動かないことに、私は愕然《がくぜん》とする。そして手術直後から「すぐリハビリを受けさせてほしい」と病院に訴えた。私は木管楽器奏者だったので、指が動かないのは致命的、こればっかりはなんとかせねばと必死だった。それで私の治療メニューに、リハビリ（作業療法＝リハビリテーション）が加わった。

　リハビリは入院中から始まり、退院後も一週間に一、二回のペースでリハビリ室へ通った。これより前に、私は螺旋階段から転落して足の大骨折をしており、リハビリは慣れたものだった。リハビリはクスリのような勉強が要らないし内容はむつかしくないが、なめてかかってはならない。リハビリは大事である。

　半年ほどやっていただろうか、毎回、作業療法士の方が、動かなくなった私の肩や腕をていねいにほぐしながら、ある程度自立できるまで運動指導してくれた。本人が「どうしても治さねば」との強い意志を持っていたので、回復も早かったのではないかと思う。たしか五月に手術をして八月のジャズフェスに出演していたから、なかなかの行動力である。

ソプラノサックスという私のやる楽器の中でも重さの軽い部類で、音数の少ない、テンポもゆっくりな曲をやったが、演奏を終えて「ああ、やれたなあ……」としみじみした。

右胸から肩、手、指、すべて右半身がこわばっていたのは手術のせいだけでなく、当時は放射線治療の真っ最中だったこともあるかもしれない。よくあんなときに、あんな状態で、あんな遠い場所まで（都内から斑尾《まだらお》高原までクルマで移動）行ったもんだ。誰も止めなかった。止めてもむだと思われていたのか、「大丈夫か？」と訊《き》かれもしなかった。

その後、演奏活動には強引に復帰をしたが、ウデと手の不自由は残った。演奏で指を動かすこと以上に、活動場所へ楽器を持って移動したり運転したりがなかなかしんどかったが、好きでやっていることなので、がんばるしかなかった。

たいへん疲れやすく、すぐにだるくなって手を動かすのが面倒になってしまうのは、リンパ節（腋の下）を大きく切っていたためだと考えられる。私には出なかった症状だが、リンパ浮腫《ふしゅ》というものがあり、治療同期の友人の中にはひどく手がむくみ、痛みを生じるケースもあった。

　出る症状や副作用は人によって違う。がんが人によって違うからだ。一〇〇人いれば一〇〇人の顔があるように、がんも一〇〇通りある。なので、人の話を聞いて憂鬱《ゆううつ》になってはいけない。「へえー」と聞いておけばよい。参考程度に「そういうこともあるんだな」と知っていれば、いざ当事者となったときにうろたえずにすむし、折々で冷静に対処すればいいだけのことだ。

　演奏復帰したものの、その後も私は右手をかばいつづけ、よって左手が疲れ果てたのか、そのうち左側が四十肩になった。動かそうとするとひどく痛み、しかたがないので右手を使わざるをえなくなり、痛みやだるさをこらえて右手を使っていたら右側も四十肩になった。

　二年間くらい治らなかったと思う。

　いまにしておもえば、右手を半ば失った時点で、私はステージから降りるべきだった？　手を使えないことを「足止め」ならぬ「手止め」と考え、〈演奏者という自分〉をあきらめる。もしそうすることができていれば、私はもっと早く本を書けたのではないか？　いや、演奏にこだわっていたからこそ体力がついて、こうして元気になれたとも考えられる。

私にとって演奏をやめることは、人とのかかわりをやめることだった。

あのまま闘病とともに演奏活動を絶つ選択があったことを考えると、人生というのはどっちもどっちで面白い。いまとなっては引き返すこともできないが、自分のたましいにとって何が真実かをつねに見極めることは、人生において尽きぬ難題である。

4

悲しみが病いをつくる

逃げ足が遅かった

どういうときに大病をするかといえば、ひどくショックを受けたときであろうと私は思う。大きな悲しみや落胆といったたぐいのショックである。

私の場合、頭痛が出た。がんの症状として現れていたものがあるとするなら、いまにしてみればあれだった。まさにガンガンと、頭が割れそうな、その我慢できないほどの痛みは、悲しみをともなっていた。

がん告知を受ける半年くらい前だったと記憶しているが、ひどい頭痛のため救急車を呼んだことがある。

当時私は港区の区民ジャズバンドで演奏活動をしており、その練習中だった。そこでは管楽器を吹奏するので、息を吸い込みすぎて酸欠になってしまったのかと思った。しかし、よくよく思い返してみると、バンドの練習に出かける前に、会社でひどく悲しい気持ちになったのだった。

その悲しみを、うまく説明できない。

あえて言葉にするなら、目の前に起こった出来事を、私のたましいが拒絶した。

その晩は気心知れた仲間たちに支えられ、病院へ付き添ってもらい手当てを受けて回復したが、そんなことを私はしばしば繰り返していた。

点滴を打ってもらい頭痛がおさまったとき、私は考えた。もしかして私はあのときみんなにやさしくしてもらいたくて、頭痛を起こしたのではないかと。具合が悪くなって、倒れて、初めて人に甘えられる。倒れるまで張り詰めた状態でいっぱいいっぱいになっている自分を、解放することができない。いそいで誰かに抱きかかえられ、手を握ってもらわなければならないというのに、そうしてくれる誰かがやむなく駆けつける事態まで、放置した。

悲しみから、一目散で逃げればよかった。

しかし人というのは大きく悲しむと、たいてい悲しみの真ん中にしばらくのあいだぼうぜんと立ち尽くしてしまう。

身動きがとれなくなり思考も停止するのである。

そして深い悲しみと一体化する。

私は逃げ足が遅かった。

もともとのろまだった。

こてんぱんに打ちのめされるまで、逃げることができなかった。

いや死の手前まで、「逃げる」というすばらしい策を、思いつくことがなかったのだった。

がんは「似合わない服」

私ががんをこわいと思うのは、がんが「ある勢いと速度」をもっているからである。「間違った型紙でセーターを編む」という表現を、たしかジェイン・プラント教授（『YOUR LIFE IN YOUR HANDS』を著したイギリス人研究者）がしていたと思うのだが、まさにその編み物がおそるべき速度でカタカタと、すすめられている状況である。私はちっとも編み棒を動かしていないのに、勝手に編み物がすすんでいく。

一心不乱に、勝手な編み物がすすめられている。何者かによって。ものすごい速さで。私の意志はそっちのけで。そして異常な細胞が、美しい網目で編まれて、「どう？とってもステキでしょう？」と誇らしげにヒトの体にまとわりつく。

「あれれ？　私の着たい服はこんな模様じゃなかったよなァ」

と言っても、勝手な編み物は止まらない。カタカタ、カタカタ、カタカタ……

私の体内で、あるいはどこかの誰かの体内で、カタカタはすすむ。

気づいたときには、もう遅い。

というかとにかくスピードが速いので、手の打ちようがない。

編み直すことはできない。

さあ、私に似合わないニットのワンピースの出来上がり！　注文していないはずのワンピースに対価を支払うことになる。けっこうな金額になる。


「誰々さん、がんなんだって」

という話を耳にしてしまったとき、私は思う。

似合わない服がまた一枚、出来上がった。

誰からも注文を受けていないのに、完ぺきな仕事をする、なぞの〝カタカタ〟の存在を、思う。

キャンセルは間に合わない。

なぜなら勢いと速さが野生動物並みで、近代文明に頼る人間には追いつかないものに、いつのまにか、なっていたのだから。

出来上がったら、いったんそれを着なければならない。

しかし一日でもはやくそれを脱ぎ捨て、その人のいちばん似合う服、いちばん好きな服を着てほしい、そう願っている。

細胞のマインドコントロール

私個人の体験した感覚でいうと、がんはシステム異常である。そして後発性のものである。

生まれついて持っていたものが、外部からの影響によって個に入り込み、そっちのシステムのほうが、つまりあとから出てきたほうが正しいと、信じ込まされている、そのような状態であると。

もともと持っていたのではないものの力を受けた細胞がマインドコントロールされ、ときに悪事を働くことがある。外からの圧力を受けずにいることは現代社会では難しい。ずっと鎖国しているわけにはいかない。なのでその圧力と上手に付き合い、本来持っている自分のシステムを取り戻すこと、これががんからの回復だと考えている。

ようは、「うまくやる」ことである。それが、幼いとなかなかできない。

若いと細胞分裂も活発で、マインドコントロールは受けやすく、システム異常は進行しやすい。

純粋でありながら「うまくやる」ことができればよいのだが、それは難しい。「うまくやる」への到達は、個人差もあるが、システム異常を乗り越えてこそなされる。

システム異常に取り憑《つ》かれた身体は痛みを発し、声を上げる。「こっちのシステムのほうが、正しいんだぜ」と言わんばかりに。それを鵜呑《うの》みにしてはならないのだが、後発のシステムがとてもいいもののように思えることもある。後発の誘惑は強力なものだが、その誘惑に負けてはならない。

いったんシステム異常を受け入れたとしても、そのことはむだにはならない。システム異常を知ることは学びであり、それを経て本来の自分のシステムを回復するのにかかる時間は、尊い。どんなに苦しくとも、取り戻す。

システム異常の旅を終えて、必ずそこへ還ること。

なので旅の途中で死ぬわけにはいかないのである。

私たちの修行

本を読んだよと、思わぬ懐かしい方から連絡をいただく。どんなに離れていても、あいだがあいても、ある時期を共に過ごした仲間や大切な人とは再びつながれるものだと思うと、励まされる。

がその一方で、そのうちの何人かが、乳がんに罹患《りかん》していることを知る。私の本を手に取ってくれたのだから、つまりそういうことでもあるのだが、乳がん蔓延《まんえん》を実感させられる。

同じ病気になっても人それぞれ、病いの性質も治療への取り組みも違うが、どうあっても、同時代を生きた人と、ある修行をしている気がしてならない。

いま、人類は束になって、地球を怒らせようとしている。

「もう後戻りできない」あれやこれやをどうするか。

世紀をまたいで生きる私たちの修行は、相当にきびしいものになる。

本が出て、インタビューを受けたり、同じ体験者の方と交流の機会が増えるにつけ、がんというやつの面倒に直面する。

ないがしろにすると暴れ回り、可愛がりすぎるとつけあがる。

内面の怪物とはよく言ったもので、敵は外ではない、自分のなかに飼っているのだということを、体験的に学ばざるをえない。

予想はできたことなのだが、がんの本を出したことの、リバウンドがちょっときていた。

病気の人として生きていく感に、落ち込みぎみだった。

「もうわりと元気なんですけど」と口では言っても、「治った」と思えない、生体の奥深さに参っていた。

道

速さを求めつづけたあげく、私たちはあらゆる道を壊してしまった。

土の道や、水の道や、鳥の道を、壊した。

生き物たちの、血の道も壊した。

この美しい星の、無数の道を壊しておきながらろくに反省をせず、他の生物の苦しみを歯牙《しが》にもかけず、突き進んだ結果がいま世界各地に起こる混乱と災害と止《や》まぬ戦闘である。

人間の生きる道は閉ざされつつある。

行き場のなくなった人びとが大移動をしている。

どこへ行っても苦しみが待っている。

大気汚染で死亡する人が年間三〇〇万人いるという。太平洋戦争で失われた日本人の数におよぶほどの命が、自分らで汚した空気で消えている。それなのになかなか変われない。いつになったら懲《こ》りるのか。

懲りるといえば私はがんに懲りている。もう同じ目に遭いたくない。そうしたなかでがんによる、ある方の訃報《ふほう》を聞いた。いつも観ている国際報道番組のニュースキャスターが、三十二歳の若さで亡くなられた。ここ数年、彼女が毎日伝えてくれた世界の出来事を、私は複雑な思いで受け止めていた。この世の破壊は、いったい何によるものなのかと。

その番組では先日、「道」という特集をシリーズで放送していた。「道」の中には、かつて敵として戦った者同士が七十年の時を超えて許し合う「道」もあった。生きていればこそ、である。

才能あふれる美しい女性の命をさらっていったのは、がんという病いだった。彼女には、まだまだこれから、世界の「道」を伝える仕事が、待っていたはずである。彼女の遠慮がちな愛らしい笑顔を思い出すと、知り合いではないが悲しみが込み上げてくる。

彼女の「道」は閉ざされた。

閉ざしたのは誰か。

私が彼女を観ていたこの数年に、世界の子どもたちの苦しみも、殺し合いも、自然破壊も、減ることはなかった。世界じゅう持ち回りのごとく惨事はつづいている。

世界のニュースとともに、日々耳に入ってくる、がんによる訃報。一方で、がんを抑制すると言われたワクチンを、言われるがままに受け入れた女性たちの中には、副作用らしき症状に苦しんでいる方がいるときく。どうしてこんなことになってしまうのだろう。戦争も、病いも、なぜか生まれてしまう。すべては連帯責任の「道」なのだという思いを、いまは強くしている。

悲しむだけ悲しんだら

ホメオパシーと呼ばれる治療法を知ったのは、坊主頭を卒業した頃だった。そういうものがあることは認識していたが、身をもって知ったのは名古屋に住む友人のすすめからだった。

彼女が夫の転勤で移住していたドイツから帰ってきたので、家へ遊びに行ったときのこと。私の髪は一般女性のショートカットくらいに伸びていたが、本人は元気なつもりでも、免疫力が落ちていたのだろう、口内炎をしょっちゅうこさえていた。その日もちょうど口内炎ができていて、舌も腫《は》れて食事がとれなかった。

「ホメオパシーって知ってる？」

そう言って彼女は親指ほどの小瓶から小さな粒を取り出して、私にくれた。手のひらに載せると指と指のあいだにはさまって、そこから零《こぼ》れ落ちてしまいそうな、はかないものだった。錠剤と呼ぶには小さすぎる、白いつぶつぶ。

「これが薬？」

いぶかりながら彼女の指示どおり一粒を口に入れて、舌の上で転がしてみる。しばらくするとあらふしぎ、口内炎の痛みがやわらいでくるような。

「あれ？　なんか効いている……気のせいかな」

「人によるんだけどね、ミルさんには、効きそうだね。ひとことでいうと〝毒をもって毒を制する〟……ヨーロッパの民間療法なの。ドイツではふつうに使われていてね、でも私はうまく説明できないから、これ読んで」

そう言って、本をくれた。著者はお医者さんで、イギリスでホメオパシーを学んだ方だとプロフィールにある。

それはとてもいい本だった。がん治療を通して私がうすうす感じていた、「病いのしくみとはどうやらこういうものではないか？」を、言語化してくれているようなところがあった。

帰りの新幹線のなかでそれを読むうちに、口内炎はますますよくなり、名古屋から約二時間、東京へ着く頃には治っていた。ホメオパシーとやら、おそるべし。私が信じやすいから効いただけかしら？　日本のドラッグストアでは買えないけれど、ヨーロッパ、そしてかつてヨーロッパの国々の支配下にあり現在は活力にあふれたインド、南米、アフリカなどにも浸透しつつあるものらしい。

だとすると、ますます興味深い。日本で人気の出ないものほど、よかったりする。「いいよ、いいよ」と、もてはやされているものには裏がある。「何事もうたぐってかかる」のも遅ればせながら、がんになった私が学んだことである。

口内炎になった私が友人からもらった小さな粒は、一般的に「レメディ」と呼ばれるものだった。レメディは植物や動物や鉱物の組織から作られる。さまざまな効能と使用法については、あらためてあとに紹介する渡辺さんの著作等をあたっていただきたいと思うが、ホメオパシーは同種療法であり、この考え方を取り入れていくと、治療にあらたな側面が見えてくると思う。

がんの性質に似たものを投与してがんを撃退する、抗がん剤治療。似ている同士を合わせるところ、おおかた投薬治療とはこういうものなのかもしれないが、がんは肉体が不必要としたもの——内臓が消化・吸収できなかったいわゆる毒の蓄積——とも言え、その肉体に使えなかったものに対して人工的に作られた毒のかたまりが、抗がん剤という薬剤なのである。毒に対抗して作られた毒。

ではその人工的な毒のかたまりとは、そもそもどのようにして作られたか？　については、謎も多い。私たちの健やかな精神と肉体を、目に見えない大きな力に引き渡した結果――悪魔との取引？――でないとは言い切れない。がんは迷った細胞たち、の末路なのだから。

がん治療というものについて私たちは単一的な情報を与えられがちだ。がんになるとおどろいてしまう。死に近い病いであるし治療もこわいしお金もかかる。自分や家族、近しい人が告知を受けたときにはたいへんショックなものである。そのために思考が止まってしまい、一般的な情報だけに振り回されるおそれがあるが、そのようなことのないよう気をつけたい。

抗がん剤もひどくおそろしいものだと考えがちだが、同種療法をふくめればモノは使いよう。医師との相談は当然大事だが、自分の身体とよくよく対話して、治療に臨む。病状は心身の歪みを治そうとしてくれているものなので、本来はそう簡単に症状を抑えてはいけないと、渡辺さんの本にも書いてある。乱れた心身のバランスを回復しようという自然な働きを抑えてしまうと、乱れはさらに複雑化、慢性化する。一時的な対症療法で自然な働きを押さえつけてしまうと、もう二度と戻れなくなる、と。

心が重要であることは言うまでもない。

心身のバランスが乱れていなければ発病しない。

言い換えると、心身のバランスを乱す根本原因を治さないかぎり、何度でも再発する。病むということは、その人にとって何かが間違っているというシグナルなのである。

病気や苦しみは、治療家などの外からの働きかけで一時的に楽になることはあっても、結局は患者さん本人が気づき悟《さと》らない限り、様々な形で何度も襲ってくるでしょう。

抑圧された悲しみからがんになった人はたくさんいる。自分の奥底にあった感情に気づく、その感情に素直に従う。悲しみや怒り、憎しみといった心の葛藤を解消し、無理をせずに、あるがままの自分を素直に認めて生きる。

落ち込むときにとことん落ち込む、悲しいときにとことん悲しむ、というのも同種療法ではないだろうか。それが悲しみから救われるいちばんの方法だということは私自身も体験をとおして学んだと思う。気が済むまで悲しむだけ悲しんだら、あとは喜びに向かって再出発するだけ。スタートを切るときはいつだって、低くしゃがむものだ。

※本項参考文献は『病気をその原因から治すホメオパシー療法入門』（渡辺順二著、講談社＋α新書）、筆者が友人からもらった本は『癒しのホメオパシー』（渡辺順二著、地湧社）。

5

つぶつぶたち

無数の目立たない者たち

がん細胞のかたまりが身体のある場所にできて、それが悪さをするものがガンであると、一般的に言われている。

かたまりはがんの親玉で、その子分たちが全身に散らばっている状態である。

つまりがんの患部は、がんの幹部ということになるが、ほんとうにそうだろうか。

私の場合、あるとき右胸にしこりが見つかり、そこが痛み出したのが騒ぎの始まりだった。ところが、いまとなってはあれががんだった気がしない。

じゃあ、あれ（しこり＝がんの患部＝がんの幹部）は何だったのだろう？

すべての司令塔だったのか？

がんの幹部は、権力者なのか？

私はちがうだろうと思う。

ほんとうに力をもっていたのは、無数の小さなツブである。

微細で、目立たず、声を上げず（痛みを発しない）、おとなしい者たち。

彼ら一人一人（ツブツブ）が目覚めたときに、患部は幹部でいられなくなる。彼らは一時は幹部に従わざるをえなかったように、見えるかもしれない。しかし先頭を切ったのは幹部ではなく、幹部は結果だった、そう考えるのが妥当である。

小さなツブこそ、本命だ。

しこりががんであるという思い込みを、いったん捨ててみよう。

無数の目立たない者たちをイメージして、彼らをねぎらってほしい。

体のなかで起こっていることは世界で起こっている

食事が大事なことは、すでに書いた。心身のバランスにも、触れた。

しかし大前提がなってなければ、すべて意味がない。

つまるところ、よい土、よい水、よい空気。

この三点は今どうなっているか？

この三点がなっていなければ、何もかも成り立たない。

私は私のがんがいったい何であったのか、どうしても知りたかった。

なので私は勉強をつづける必要があったが、知れば知るほど、謎は深まってゆく。

有吉佐和子さんが四十年前に書かれた『複合汚染』に、古くなった米びつにムシがわいていないことにショックを受けて、日本を脱出しようかと思ったというくだりがあるが、ムシのわかない食物などひどく恐ろしいものだと、私たちがあの頃の学びを生かせていたら、がん大国になどなっていない。

戦後教わるがままに受け入れてきた欧米のシステム。日本とはサイズも歴史も大きくちがう異国の便利を取り込んで、自らも巨大化しようとした。


体のなかで起こっていることは世界で起こっている。

いいかえれば自分一人でやっててもどうにもならない。

私たちは一人一人がまんまるい一個の地球だ。

まあるく浮かんでいる。

まんまるだから、あっちが出ればこっちを引っ込める必要がある。引っ込みっぱなしでいる必要もない。また、時を見て出ればいい。

いびつになって固まってしまうと、宇宙にうまく存在できない。

シベリアのダニと男の子

真夜中に酷《ひど》く汗をかいた。

昼間久しぶりに外出をしたので、何かの菌が体内に入ったようだ。

パジャマの下に着ていた綿のシャツがグッショリと濡れてすぐに冷えた。シャツを脱ぐと首の後ろが寒くなり布団にもぐる。布団にもぐってじっとしていた。じっとしながら、これから先のことを考えていた。

顔が痒《かゆ》い。痒くてたまらないので体を起こした。下ろした右手と脇腹のあいだに毛皮獣がうずくまっていた。布団と私のあいだをじょうずにすり抜けて、ベッドからすべり降りた。つづいて私もベッドからすべり降りた。

鏡を見たら、顔に発疹《ほっしん》が出ている。

大小の水疱が折り重なるようにできており、私が鏡をのぞきこむとみるみる増殖した。ボツボツに触れてみると柔らかく、中に水を含んでいるようだ。つぶすと治りかけの怪我のような膿《うみ》が出た。

内包していた私の毒は皮膚を通して外へ出ようとしていた。

ボツボツをつぶす私を、私の足元に座っていた毛皮獣が、まんまるの黒いボタンのような眼でじっと見ている。

発疹の原因を思い出した。ダニだ。シベリアの白樺の森に繁殖しているダニ。

「こんにちは。シベリアのダニに効く薬をください」

薬を買いに向かったドラッグストアの前には長い行列ができており、その全員がシャンプーの大きなボトルを抱えている。列に並ぶ人にきいてみると、「シャンプーはもう二度と手に入らないかもしれないから買っておく」のだという。

「シャンプーなんて要らないんだよ。お湯だけでいいんだ」

私がどんなに大声で叫んでも、誰も聞く耳など持っていない。

シャンプーの列はバスの乗り口につづいていた。

私は大型バスに乗り込んだ。バスは満席で、いちばん後ろに座った。

車内に異様な雰囲気がたちこめていた。人びとは一様に押し黙り、俯《うつむ》き、前方からかドタンバタンという物音がする。

バスの前方にトイレがついており、用を足しに席を立ち、前へ進むと、運転席の後ろの荷物置き場で人が呻《うめ》いて倒れていた。真横に軍服姿の男が仁王立《におうだ》ちしており、人を殴っていることがわかった。

繰り返し殴られているのは若い男の子で、私は軍服男に、「何をしてるんですか！」と言いながらその場にしゃがんで、倒れている男の子を抱き起こした。男の子は痩せており、顔は赤く腫《は》れ上がっている。

私は男の子をその場から逃がそうと試みるのだが、男の子に逃げる気がない。殴られつづけようとするのだ。そして青白い顔にうっすらと歪んだ笑みをうかべて、私に向けてまっすぐこう言った。

「いいんです、こうしているのがいちばんラクなんです」

そこで目が覚めた。

男の子の薄い頬のなめらかさ、顔の脇で少し跳ねている長めの髪、彼の虚《うつ》ろな眼を、はっきりとおぼえている。

「粒」は「素」を好む

札幌市郊外に住む友人宅で、「コンポスト」を見せてもらったことがある。見せる直前に「ほんとに見る？」と友人はニヤリと言った。見ると気持ちが悪くなる、たぐいのものらしかった。たしかに、目を覆いたくなるほどのカオスが、予測された。

コンポストとは自然の生ゴミ箱で、庭に穴を掘ってあるだけの、ただの土の穴ぼこにバナナや野菜の皮や残飯などを捨てる。捨てたらフタをしておく。すると中では、土がたいへんなことになっていく。たくさんの栄養が放り込まれたことで土の微生物たちが大喜び、大騒ぎ、もうフェスティバルである。

彼らはダンスし跳躍し、結合や分裂を繰り返して発酵・熟成していく。そのさまは私たちの人生さながら、出会いや別れを経て複雑に交錯していく。人間の一生とどれほどの違いがあろうか。

フタはコンクリートでできており、重しとなっているそれを開けるとそこはもう、おどろきのステージ。踊るミミズを中心に、それに準ずる形の、しかし同じでない形状のさまざまな生き物たちが蠢《うごめ》いていた。目に見える蠢きのスピードは存外に速く、宴もたけなわなその展開に見入っているとこちらが酔ってしまいそうな勢いである。彼らの背後には当然、人目に見えない者たちの無数の動きもある。

私はこの小宇宙に仰天した。

ミミズたちの人生ならぬミミズ生による成果と業績の、私たちも恩恵にあずかる身。コンポストの中で出来上がった土は極上の肥料として使わせていただく。

「いい土はね、こうやってできるんだよ」

コンポストの前にしゃがんで、そう言う彼女のミミズたちへのまなざしがほんとうに優しかったことを、忘れられない。自分の手で土の柔らかさにふれて、食物を育てている人にしかありえない慈しみ方だった。

――こういう人は、がんにならないんだろうな――

(このとき私は坊主アタマだった。抗がん剤治療は終えていたが、まだカツラや帽子を着けていた)

ところが、である。がんではなかったものの、そんな彼女も大病をしたことがあったという。

結核という病いについて、私はとんと無知だった。

自分ががんになって、がんのことは勉強したが、それ以外の病気はノーチェックだった。すべての病いは底の部分でつながっているというのに。

要約すると、こうである。

彼女は二人の娘を子育て真っ最中の三十代初め頃、結核と診断された。家族からは隔離され、本人と接触をもった人びとは全員検査されることになった。子どもの面倒を見ることもままならぬ。

「みんなに迷惑をかけている」

その思いは彼女の身も心もひどく病《や》ませた。

症状はまもなく改善されたものの、「みんなに悪い」との思いはなかなか抜けず、彼女は自分を責めつづけた。

周囲に助けられるほど、つらくなった。

うつ状態に、たびたび落ち込むようになった。

二十年、わずらった。結核はとっくに終わっていたのに、である。

差別も当然ながらあったと思う。なかったわけがない。

そこのところは、がんもおなじだからだ。

目に見えない小さな菌が、ひとりの女性の暮らしを支配した。それも長い時間にわたって。

彼女の二人の娘は成人した。

最初はほんとうに小さな粒だったはずである。

世界でいちばん最初にその粒を肉眼で見たのは、ロベルト・コッホという人だった。彼がそれを目で見たことは、大きかった。「ない」から「ある」へと、粒は変容する。「ある」と知ったことで、ヨーロッパの人びとはそれを、克服しようとした。人間の力でどうにかなるにちがいないと、燃えたのである。

日本でも、細菌学の父と言われる北里柴三郎や、元お医者さんでのちに政治家となった後藤新平らが明治時代にコッホのもとで学び、粒は「ある」のだということを前提に、医学や政治を進めた。

あの時期の日本の政治家が、流行《はや》り病《やまい》のひどく蔓延していた台湾で開発を進めることができたのも、たんに医学者としての知識があったから——ではない、おそらく「粒」に敬意を払うことのできる人でなければ無理だったのではと、私は想像している。

「粒」は簡単にどうにかなるものでなく、どうにかするものでもないのだと、政治家が知っていた。ましてや外部から来た「よそ者」が、それをできると思うなど奢《おご》りもいいところであると。

「粒」は「素《す》」を好む。「よそ者」の侵入を、そもそも好まない。それが忘れられると、「粒」は暴れる。なんとか「素」を護《まも》ろうとして、しだいに暴徒化し、手に負えなくなるのである。

6

すべて不要だった

便利で速くて美味しいもの、しかもそれらをたくさん

私はがんの原因が私自身の会社生活にあると考えていた。過食やストレス、バランスを欠いた時間とお金の使い方が、私自身を追い込んだのだと。それがなかったとは言わないが、時間が経ったいま、あらたな考えも私の中に生まれている。もっと過去へ、さかのぼり、時代を検証する必要がある。

自分が生まれ成長した時代は、高度経済成長のあとの日本の繁栄期と重なっている。戦後急速に浸透した欧米食と医療が、私たちの親世代の意識を、それ以前のものと大きく変えた。

ポイントは「即効薬」の登場である。ものや人を育てる速度が変わり、人びとは「待てなく」なった。すぐ効く薬、すぐ大きくなる作物、すぐ使える物……便利で速くて美味しいもの、しかもそれらをたくさん、求めるようになった。それらが容易に手に入り、実現されることを当然と思い、実現されなければ不満に思った。そうした時代をみんなで作り上げ、その恩恵も受けたが、「即効」「高速」は人体に無理を強いるものではな

かったか。私たちはある段階で参ってしまう。「もうお手上げ」を、心より体が、先に訴え始めた。

問題の根は深い。

そもそも私たちやその親、さらに先人が、そこへ導かれたのはなぜか？

私たちが穏やかにきちんと暮らすことができ、真面目に仕事に打ち込めるためには、どこに軸足を置けばよいのだろう？

本来、日本人の心の置きどころはどこにあったのか？

見失い、わかりづらくなってしまったそれをいまいちど見つけ、この時代に生かすためには何を学べばよいのか？

闘病の苦しみから解放されたとき、私の中の深いところで、それらを探究したいという欲望が、発生した。

やめてみてわかったこと

歯もボロボロ、内臓も血管もボロボロ。

けれど命はあるのだから、あとは生きるだけだ。

私は回復に努めた。

回復期に行った重要なことは、従来の生活習慣の徹底的な見直しである。世間一般で体に良いとされているもの、生活に当然必要だと言われているもの、それらがほんとうに自分に必要かどうか？

以前は必要だったがもう要らないというものもあるだろう。抗がん剤中には不要であっても社会復帰したら必要なものもあるかもしれない。私の再出発はその検証から始まったが、結論を言うとすべて不要だった。

たとえば肉食は抗がん剤中からやめており、やめてみてわかったが私には合わなかった。

次にビタミン剤・健康食品、これらは抗がん剤中に使用をやめており、やめてみてわかったが私には合わなかった。

シャンプー・リンス・ボディソープ・歯磨き粉のたぐい、これらも抗がん剤中に使用をやめており、やめてみてわかったが私には合わなかった。

身体を締め付ける下着や化学繊維の衣類、これらもやめてみてわかったが私には合わなかった。

……こうして挙げていくと、どれも私世代の成長期に普及したものばかりで、私の祖父母の時代には関係の薄かったものと思われる。

「どんどん食べて、胃がもたれたら薬を飲もう。健康食品を摂っているから太らないし、太ったとしてもスマートに見せてくれる下着もあるよ。動物性食品の過食でカラダやアタマが臭《にお》っても、すごくいい香りのシャンプーやボディソープをたっぷり使えば大丈夫！」

日本の経済が成長期から成熟期に差し掛かり、内需の伸びが停滞を始めた頃にも国民は依然、市場の要望どおりに消費をつづけ、そしていまなお意識はおよそ変わっていないと思われる。私の場合は、ガン・ショック～抗がん剤パニックによって、変わらざるをえなかった。

いろんなものをやめたついでに、人に気をつかうのもやめた。

したがって人間関係も切れた。

やめてみてわかったが私には合わなかったもの、に「会社」があったことも付け加えておく。

みんなの希望に応えていたら

雨の日には、きまって母と意見が合わない。

母が部屋の中に洗濯物を干すからだ。

部屋に洗剤の匂いが充満している。

無香料の洗剤では、洗濯した気がしないらしい。

雨なのになぜ洗濯をする？　そこからして私は母に反対なのだが、言うことを聞いてはもらえない。

「香りがきつくて気持ちが悪い」

体調不良を訴えると、両親は関西弁で口を揃えて私を責める。

「繊細やなあ〜、そんなに繊細では、この先、生きていけへんでー」

ほんとうにそうだろうか？

私が繊細？

ちがうと思う。間違っている。

間違っている、という表現は正しくない。「間違っている」のではなくて、両親の身体が「正しい状態にない」のだ。だってこんなに香料があふれているこの部屋にいて平気なんて。化学物質の香料を吸い込んで、血管をふくらませている。

抗がん剤治療を経た私の身体は、自分でもおどろくほど敏感になった。

とくに嗅覚が冴え、視力も聴力も、以前よりパワーアップしていると感じる。抗がん剤がもっとも攻撃すると聞いていた味覚も、おそらく闘病以前より増している。これはまさにクスリのせいなのだろうか？　なんでこんなに効いているのだろう？　いくら素晴らしいクスリでも効きすぎではないのか。話に聞くアヘンとか覚せい剤とか、それらに近い毒物であるということなのか……。

とにかく私の身体はそのような状態なので、家族との言い争いもやむをえない。おどろいたことに父も母も洗濯物を干した部屋で平気で過ごすことができている。この正常なようでじつは異常な状態を、どう説明したらよいのだろう。

こういうことが、社会でも起きている。こんな私が家の外でも、変人として扱われるようになっているのが、いまの世の中の風潮だ。

衣類を清潔にするのに、どうしてあんなにたくさんの香りが必要なのか。

初めはきっと、ほんのり香る、だけだった。それにみんなの鼻は慣れていき、もっともっと香りが欲しいと、欲望をエスカレートさせていった。洗剤をつくる側は、消費者の期待に応《こた》えようとしてがんばった。

「みんなの希望に応えていったら、こんないい物ができました」

そんな自慢の商品が出来上がった頃には、私たちの鼻は、どうにかなってしまっている。思考でも、「いい匂い」と「いい洗濯」が、イコールでつながってしまっている。

無香料の洗剤は、売れない。

化学物質まみれの商品は、それをつくる過程においても、消費者の手に渡った先でも、海を汚す。たとえそうだと消費者に訴えられたとしても企業側に罪はない。

「だってそれを欲しがったの、あなたのほうじゃありませんか」

〈ウンカ〉という虫のモノローグで描かれた『ホッパーレース』という記録映画を観たことがある。

「人間というのは〝ケイザイ〟とやらが優先らしい」

これは虫の〈ウンカ〉のセリフだ。

水田に生息する小さな虫のウンカは、もともとは稲と共生していた。ところが人間が米の大量生産に欲を出したことで農薬使用が進み、生息地である水田を追われるようになる。

「いつからか農民はオレたちを『害虫』と呼ぶようになった」

農薬に負けないために、より強大になっていくウンカたち。

叩いても叩いても、たちまち立ち上がってくる。

人間が欲望を優先させすぎた結果、大量発生し、人の手に負えなくなっていくウンカという虫は、テロリストにどこか似てはいまいか。

「臭いものにはフタをする」

私たちはいったいいつからそのような体質になってしまったのだろう。

見たくないものを見ない。都合のわるいことを遠ざける。かつてはそんな民族ではなかったはずでは。

プッチの誘惑

めっきり物を買わなくなった。
いまある物を大事に使いたいと、思っている。
とはいえ、企業は日々すてきな新商品を世に送り出している。
さらに、現物を見てしまえば、やっぱり欲しくなる。
だから、見ないようにしている。
このところ私が気をつけているのは、「街をうろつかない」ことだ。
これが、精神的にも経済的にも、よく効く。
外に出ても〝目的を果たすのみ〟にする。
ライブに行くならライブだけ。
食事に行くなら食事だけ。
時間が余っても、駅のファッションビルやデパートをうろつかない。
洋服や雑貨が欲しいときには、〝それを買いに行く目的〟でおもてに出る。

とにかく「目的以外のことをしない」のがポイントである。

これをしばらくつづけていたら、嫌なことがぐんと減った。

街の邪気を受けないからだろうか？


ところが先日、このおきてをやぶった。

友人宅へ行く前に、彼女が来週誕生日なのでデパートに寄った。

何をあげるか、決めてからお店へ行けばよかったのに。

なのに決めずにデパートに入ったものだから、私は〝うろつく〟こととなった。

あんのじょう、まずエミリオ・プッチのコーナーに吸い寄せられ、そこのバッグが欲しくなった。

ハイブランドのお店に入るのはほんとうに久しぶりで、そこで見た高級品は、眩《まぶ》しかった。

その日はバッグは買わずに、店をあとにした。

この話を友人にしたら、「二十世紀的生き方と決別した」って本に書いてたじゃん、と言われた。

それでも私は以降一カ月、バッグのことを考えて過ごした。

そしてもう一度、プッチを訪れてみた。
バッグを提げて鏡に映った自分に、かるいショックを受けた。
バッグだけが、鏡に映っているようだったのだ。
そこに私はいなかった。

ゴミは、どこへ行けばいいのだろう

先日、知人宅へ引っ越し準備の手伝いに行って、捨て場所に困るものがあまりに多く、アタマを抱えた。

古い油やお酒、ヘアトニックや化粧水のたぐい……すべて未使用で、きっと中身は使えなくもないものなのだろうが使うには気が引け、かといって捨てるのには惜しい。流しに捨てれば海を汚す。だからそれもしたくない。

この世に生まれたものは、みんなその命をまっとうする。それが理想だ。

たとえ息をしていなくとも、誰かの手によって生まれたものたち。

美味しかったり、便利だったり、どこかの誰かの暮らしを幸せにするために、考案され生み出された。なので使われることがなく——いや、封も開けられずに放置されていたそれらが、とてもかわいそうである。

これはやっぱり、ゴミなのか。

本来ゴミではなかったのに。

今でもちっともゴミに見えないのに。

ゴミとなるしかないのか。

こうしたゴミはつまるところ、どこへ行けばよいのだろう。

処理場へ集められ燃やされることを子どもたちだって知っているが、あえてこの問いを、掲げたい。

不要になったとき、古くなったとき、ただ私たちの家から出ていけばよいのか？　それで済ませてよいのだろうか？

「もう要らない」と放り投げ、自分の目に触れない場所へ行ってしまえ。

新しいものを買えばいい。代わりはいくらでも用意される。

そんなことを繰り返している。

昔はなんだって大切に使い、できるかぎり再利用の工夫をしていた。

ものを捨てるなんて、とんでもないことだったのだ。

生まれたもの、生み出されたものに無駄などひとつもない。

この世に生を受けたものに不必要なものなどない。

糞尿《ふんにょう》だって、大切に使っていた私たちは、土を生かすため人間のものは当然のこと、身の回りの生き物たちの排泄物も、かつてはおおいに活用していたというのに。

臭いものを遠ざけ、見たくないものを隠し、耳の痛むことは聞かない――のが今の私たちの社会である。

引っ越し準備の手伝いでは、けっきょくすべてをゴミとして捨てた。

美味しい飲み物や化粧品の研究・開発をした人たち、それらを容《い》れる瓶やボトルをデザインしたりつくった人たち、出来上がった商品を多くの人に届けようと宣伝したり流通や販売にかかわった人たち、みんなそれぞれの場所で自分のやるべきことをがんばった、それがムダになろうとは。

みんなのがんばりをいっせいに無にしてしまったようで、とても胸が痛んだ。

「もうたくさんだよ……」

がん闘病を経て、私は前より地球と親しくなった。

まず、人間が小型化・軽量化したために、省エネとなった。

食べ過ぎなくなったことは大きい。痩せて服がサイズダウンした。ということは使う布が減っている。そのうえ余分に買わなくなった。

私は闘病の前に会社づとめをやめているが、省エネはそこから始まっている。収入は減ったが、ムダ使いも減り、余分な動きがなくなった。用事のないところには行かない。つまりクルマに乗る機会も減った。

だからといって大切な用事には出かけているし、服だってほんとうに気に入った、いいものを買って大切にしている。

元出版社の社員ながら本は古書をよく買うようになり、図書館の利用も増えたが、それでも応援している著者――「この人の書くものや発言は大切である」と思う人の本は、相手の言い値で本屋さんで買っている。なぜならその人にはこの先も、書いてほしいからだ。そしてその人の本を出している出版社に倒産してもらいたくないからである。

会社をやめて、ペンも付箋もセロテープも自分で買うようになり、そうした備品も貴重だ。会社にいた頃はいまほど大切にできていなかったと反省している。

当然ながら水も電気も資源も何もかも、大切である。

私一人がただこの家で過ごすためにいろんなエネルギーが使われていることを思うだけで気が遠くなるというのに、国際環境会議の様子を見ていると絶望的な気分になる。世界各国から首脳たちが集まるために用意された飛行機、警備、会議、会食……そのために使われた石油、電力、動物たちの命……そういったすべてが、ほんとうに必要だったのか？　全員で話して何が決まる？

「もうたくさんだよ……」という地球の嘆きが聞こえる。

ダーチャでニチェボー

ダーチャはロシア語でДaЧa「別荘」であるが、「別荘」と日本で一般に呼ばれるものとはムードが違う。

「家庭菜園」のほうが近いが、「家庭菜園」とも少々違う。

もうちょっと大がかりで、それでいて素朴で、その「菜園」には小屋が付いており、付いていないときは自分で建てて、人びとはそこに寝泊まりして菜園の手入れをすることができる。

ロシアに住む多くの人が、このダーチャという菜園&小屋を持っている。持っているが、そもそも持ちたくて持ったのではない。国からもらったのだ（ダーチ＝与えるの意）。

ロシアの国民は、だいたい次のようなことを、国より申し受ける。

「土地をあげるから耕しなさい、そこで食物をつくって自分と家族を養いなさい、各家庭でつくっていれば、なにか災難が——戦争や自然災害が起こっても飢えなくてすむから、ぜひやりなさい、というかぜったいやれよ」

歴代のリーダーが、ダーチャを国策としてすすめた。なかでも旧ソビエト連邦を強引にまとめていた独裁者は、その剛腕でもって国内の移住政策とともにダーチャを奨励し、みんなにダーチャを持たせた。そもそも手に負えないほどの広大な土地が、余りに余っていたのである。

そんなわけで、多くのロシア国民は、代々親から譲り受けた土地を、いまも大切に耕している。

そしてそのまた多くが、平日は町で（会社などで）働き、週末はダーチャで農作業、という、いわゆる「二拠点ライフ」を送っているのである。

私がロシア取材を始めた二〇一三年ごろ、ロシアは〝孤立〟の色を濃くしていた。ソチのオリンピックのあと、クリミア半島の併合問題が浮上して、ロシアは西欧諸国より経済制裁を受けるなど、事態は日々深刻化していた。

日に日に孤立感を深めていくロシアについての数少ない報道を日本で毎日くいいるように見つめながら、ロシアは自分のようだなと感じていた。

当時の私は会社をやめて数年が経ち、仕事もめっきり減っていた。

あれほど忙しく立ち回っていた私はどこへ行ったのか、私を取り囲んでいた人びとはいったいどこへ行ってしまったのか、気がつくと、ほんとうに一人になっていた。

これを独立と呼ぶのならば、世の独立して生きる人たちはじつに勇敢だと思った。

この頃私は初めての〝書き下ろし〟に取り組んでいた。

一冊の本をまるごと一人でまとめて書くというのは、たいへんなことであった。いまさらすみません。というのは自分が過去に出版社で編集者をやっていたからで、その時期の私に〝書き下ろし〟の原稿をくださった作家の方々、まことにありがとうございました。

生まれて初めて自分の〝書き下ろし〟に取り組むにあたり、私は覚悟して、書くこと以外のすべての活動を休止し、いっさいの社交をやめた。

編集者の期待に応えるためには、テーマをぐいとしぼり、猛勉強をしなければと思ったのだ。

そこで「なぜロシアだった」のか、をかいつまんで言うと、私が出版社を退社し、闘病生活に入り、実家に帰り、帰った実家にロシアの本がたくさんあったからである。

商社マンだった父はかつて旧ソ連で仕事をしていた。

実家を出て東京に住んで編集者をやっていた二十年間すっかり忘れていたのだが、私は子どもの頃からソ連の文化やロシア語にふれている。

久しぶりの実家暮らしに父の書庫で見つけたロシア・シベリアの本を読んでいくうち、そこにやたら登場する〝クロテン〟という小動物について考えるようになった。

クロテンについて調べていくと、彼らは毛皮需要のために乱獲され（一時は国家予算の三分の一を占めるほどロシア経済をまわしていた）、このクロテン捕獲のためにシベリア先住民や、もちろんクロテンたちも、想像を絶する苦痛を長きにわたり強いられた。くわしくは前著（『毛の力　ロシア・ファーロードをゆく』）に書いたのでこれ以上の枚数を費やさないが、とにかくクロテンをきっかけに、私はどんどんロシアにはまっていったのである。


〝孤立〟に話を戻すと、私がロシアにはまってぐんぐん進んでいるあいだに、ウクライナをめぐるアメリカ・EUとの対立はますます深まっていき、とうとうロシアは欧米諸国から食物をもう輸入しないと発表した。ちょうど私は現地で知り合ったロシア人の一家と、ハスの花を見に行く小旅行をしていた時だったので、彼らにその話をふってみた。

――経済制裁を受けて、ロシアは孤立していっているよね？　暮らしに不便はない？

「まったく問題ない、私たちにはダーチャがある」

私たちには、ダーチャがある。そこでいつも野菜を作っている。私たちの土地で良いものがたくさんとれる。ニチェボー、ハラショウ（ぜんぜん平気！）と、毅然《きぜん》と答えていた。すごい自信だと思った。彼らの回答に、ダーチャの威力を感じた。これぞ独ソ戦をたたかい抜き、国家崩壊の混乱にもめげず、復活をとげたロシア人の底ぢからである。いま思えばこの時が、私がダーチャにふれる最初の入り口だったかもしれない。

それからしばらくが経ち、こんどは私自身がダーチャに入り込んで、彼ら（ロシア人）の観察を、することとなる。

このたび出会ったロシア人女性――出会ったというより、私が彼女をめざして勝手にロシアへ乗り込んだと言うほうが正しいのだが――とは、ロシアはシベリア、チタという町に住む研究者のイリーナさんである。前年、彼女の本をバイカル湖のそばのイルクーツクという町の大学で見つけて、彼女に会おうと決めた。

これは私の大事な用だったが、本のタイトルと著者名しかわからなかった。ロシア語のよく出来る友人が、フェイスブックで彼女を探し出し、連絡してくれた。

「○月×日、△便でミルコという日本人が会いに行く」

たったそれだけのメッセージを受け取ったイリーナさんは、その日空港でちゃんと私を迎えてくれた。

イリーナは、美しい大人の女性だった。だんなさんのワロージャの運転するクルマに私を乗せて、町の中心地にある自宅へ連れて行き、夕食をふるまってくれた。

その夕食とは、釣ってきたばかりのカルプという大きな鯉で、その場でワロージャがさばいて、イリーナがオーブンで焼いてくれた。付け合わせの野菜は新鮮で、それはダーチャで作られたものらしかった。

「あしたはダーチャに行って、泊まるからね」

あの時おそらく私は彼女に、そう言われていたはずである。

けれどロシア語をちゃんと理解できていなかったために、私はせっかくのダーチャへのお誘いを、イリーナの好意を、いったん反故《ほご》にしてしまう。

翌晩、私はダーチャへ泊まることができなかった。

イリーナは私を早くダーチャへ、遠い国から会いに来た私を、どうしても招待したかったようで、あきらかに落胆の表情をみせた。

私は自分の言葉の出来なさで彼女を傷つけてしまったと落ち込んで、情けないことに、その場で泣いた。最悪である。

おどろいたイリーナは、「ニチェボー」と言って、笑って私を抱きしめた。

ダーチャは、イリーナの自慢だった。彼女のもっとも愛する場所であり、愛する仕事がそこにあるということを、イリーナが予定していたよりも少し遅れて、私は知ることになる。

結果を言うと、翌々日から私はイリーナのダーチャに数日滞在した。

ダーチャは町の中心地からクルマで三十分ほど離れた場所にある。

森へつづく一本道を、行く。

週末の夕方には町で働く人たちがみんなダーチャへ向かうので、ダーチャ渋滞となる。たどり着いた場所で私の見たものは、町で会うイリーナ（きちんとお化粧をしてカラフルなスーツを身にまとったカッコいいキャリアウーマン）とまったく別人の、クマのおかあさんのような姿の、彼女だった。ほとんど裸に近い水泳のような恰好《かっこう》で、一日じゅう素足で土の上をウロウロとうごきまわる。申し訳ないが、人間には見えなかった。いや、自分を人間だと思っていない、まったく自然と一体化している。「自然体である」とは本来こうあることを言うのだろう。

平日は人間、週末は森の動物たち、になる。この、都会人と森の住人という二種類のライフを行き来していることが、彼らの人生に、張りと輝きを与えているようだった。

いったん畑に出たら、なかなか小屋に戻ってこない。何時間でも飽きずに土いじりをつづけている。まったく、苦にならないのだそうだ。かんかん照りでも、雨が降り出しても、野菜や花の手入れをひたすらやっている。汗だくになってやっている。

体が大きいのに、しゃがみつづけて、ヒザは大丈夫なのだろうか？　イリーナだけでなくワロージャも、イリーナのお姉さんのベラもやってきて、家族みんな、各自もくもくと畑仕事をしている。

疲れないの？　と何度きいても、

「ニチェボー」

私は好きでやっているの、と繰り返す。

「ヤ、リューブル　ダーチュ（私はダーチャを愛している）」

食事の時間が近くなると土仕事の手をとめて、食事のしたくをし始める。

にんじんのサラダ、じゃがいものソテー、などダーチャでとれた新鮮な野菜をふんだんに使って、おどろくほどササッと手早く、作ってくれる。

私がお肉を食べないと伝えていたので、このときは使わなかったが、ダーチャの敷地内にはバーベキューコーナーがあり、息子たちや友人が集まる時には、そこでお肉を焼くらしい。

バーベキューでなくとも、食事は外でとる。プラスティック製の食卓にお料理を並べはじめると、とたんにハエや蚊など虫がいっせいに集まってくるが、イリーナたちは意に介さない。虫の寄り付かない食事などいただけないと思っている。

私は自分たちがテーブルを囲む森のクマさん一家である図をイメージした。

食事が終わると、「え〜、たったこれだけ……?」というほど少量の水（雨水を貯めたもの）と、ほんの一滴の洗剤で、食器をあらう。見事にきれいにあらい上げる。

食器は古く、傷んでいるが、まったく気にしていない。

物を捨てない、使える物はずっと使う、のは、わりとどこのロシア人に会っても同じだった。

残飯はほとんど出ない。人間が食べない部位は「サバーク」と言って別の容器によけていた（サバークは、犬。サバーカが語尾変化したもの）。

ダーチャで共に過ごした数日が経って、私の帰国の日を迎え、町で再び会ったとき、イリーナは人間に戻っていた。

白い肌に赤い口紅をひき、金色の髪を整え、キリッとおしゃれをしたイリーナの、眩《まぶ》しかったことといったら。

ダーチャでクマのおかあさんになっていた姿を思うと、イリーナの美しさはきわだった。

都会と森とを行ったり来たり、それをあたりまえにできる、ちゃんと身についていて、そのうえ、なんとも思っていない。

空港に私を送り届け、出国ゲートで別れるともう、一度も振り返ってくれなかった。

ああ、カッコよすぎるよ、イリーナ。

出口へ向かう大きな後ろ姿を見送りながら、私はつぶやく。

その背中は孤立などニチェボーだと言っている。

心からそう思えて、私はひとりでちょっと笑った。

7

ゼロになる

原点回帰

通勤も通院もなくなって、東京にいる理由のなくなった私は実家に帰った。

子ども時代を過ごした、元の家に戻った。

二十五年前は住みたくてしかたなかった東京に、二十年住んで、いまはもうまったく未練がない。「東京のマンションをあげる」と誰かに言われても、きっともらわない。もらっても、きっと住まない。なぜならもう一人では住みたくない。家族といたい。

私の退社とがんがショックだったのだろう、母は難病を発症してしまった。リュウマチ性多発筋痛症という全身が痛む原因不明の病いで、強いステロイド薬のおかげでなんとか暮らしている。父もまた劇症1型糖尿病という希少な病いで、毎食前に命綱であるインスリンを自分で注射している。そんな難病夫婦のもとに、負傷兵が帰還した。

地元の野菜と母の作る食事は、私の心身の傷を癒してくれた。私は子どものようにスクスクと、元気になった。

そして子どもの頃の友だちと再会した。三十年ぶりだった。

「いま何やってるの？」と問われて、「楽器吹いたり、文章を書いたり」と答えると、「じゃあ子どものときと、おんなじだ」とみんなに笑われた。

そうか、そうだよなあ。子どものときと、おんなじだ。

そう思ったら、なんだか急に気がラクになった。

羽が生えたように、身も心もかるくなった。

子どもに戻ったかのように、虫や鳥と話せるようになった。

物の声も、時々だが聞けるようになった。

そのことを父に話すと、「アタマがおかしいと思われるから、家の外では言わないように」と、子どものように注意された。

こうして実家に帰ったことが、まさに私の原点回帰となった。

自分がどういう子どもだったか、何を得意で、何が苦手であったのか。身の皮が剝がれていくようだった。

過去と決別する勇気

救急病院に、久しぶりにお世話になった。

ある日の夕方、とつぜん痛み出した胃は激しい収縮を繰り返しているようで、一定のリズムにのって断続的に私を苦しめた。

はじめは身をかがめ、こらえていたが、しだいにがまんができなくなった。

塩湯を飲み飲みするうちに吐き気が込み上げてき、痛みが始まってから一時間くらい経って、ようやく吐くことができた。

吐いて吐いて吐きまくった。こんなふうに吐くのはいつ以来かと思えば、抗がん剤治療期である。私は吐くことがとても苦手だ。

今回の胃痛の原因は、ほかならぬ私自身にある。

古いソースをかけて野菜を食べたせいだ。少々傷んでいると予想はできたが、そのソースは美味しかったという、過去の体験を捨て去ることができなかった。

私に足りないのは、過去と決別する勇気である。

「私にもっと思い切りのよさがあればなあ」

しかしかつてがん治療でさんざん痛めつけてしまった私の内臓も、ちゃんといい仕事をしてくれていたことに、感謝の念を禁じえない。確実に我が身が回復していることを知り、あらためて細胞たちの壮大な旅に、思いを馳《は》せている。

夜の救急病院は混んでいた。夜勤の先生はとても忙しそうであったが、ていねいに私の腹を触診し、整腸剤と痛み止めを出してくれた。

家のトイレではあまり吐けなくとも、真っ白く冷たい病院のトイレでは、よく吐けるのである。そういえば病院とはこんなところだったと、思い出した。

「月のもの」ふたたび

ふたたび「月のもの」が来たときには、たまげた。

「もうあなたの年齢では、おそらく戻らないでしょう」

お医者さんはそう言っていた。

抗がん剤の影響から子宮と卵巣をまもるために、ホルモン治療も同時に受けた。薬で人工的に閉経状態をつくる。けれどそれをもって子宮と卵巣がぶじだったとしても、生理が終わるということはつまり終わり、である。

いい歳をして「赤ちゃんがほしい」などとずうずうしいことは考えていない。独身・子なしでさんざん好き勝手に生きてきたゆえの、がんである。

自分の命をキープするだけで、せいいっぱいだった。

自分の命が助かっただけで大感謝なのだから、プラス「新しい命」をのぞむなどもってのほか、人生欲張ってはいけない。

「ぼくの子を産んでくれ」といった殿方からの申し出も残念ながらなかったし、差し当たりそんな希望もなかった。けれども、「そうか生理、なくなるのか……」と思ったらちょっとさみしかった。

あるときはめんどうだが、なくなるときくと惜しい。まあいいや気にしない気にしない。そういうことにしていたら、しばらくして忘れた頃に、なんと生理がやってきたのである。もうないと思っていたので「ぎゃあ」である。ものすごくびっくりした。お赤飯だ。しかも、がん治療前より痛みがない。以降、さらにどうしたことか以前は不規則だったそれが、定期的にやってきた。しかもサラサラのきれいな血液だった。

この、女性ならではの素晴らしいからだのしくみによって、私は自分のからだが闘いを終えて生まれ変わったことを、教えられた。

規則正しく、痛みなく、きれいなサラサラの血、見事なまでに整然とした美しい営み、これが本来のすこやかな女性の生理というものなのだ。がん治療中に取り入れた食事療法によって、私のからだはがん治療の前と後ではすっかり変わったのだった。したがって、いくら年齢が若かったとしても、以前の私では——将来がんになるような、毒とストレスを抱えた生活では——新しい命をはぐくむ資格などまったくもってなかったのである。

ダメなものはダメ

そんなわけで私が子をもつことはなかったのだが、ここで申し上げたいのは私個人の事情よりも、がんは全身病であり、全人生病であるということだ。その人が成長した時代の影響をつよく受けている。

子ども時代の環境やその時の社会のしくみやムードが、病いを作り上げていく。だから同じ時代を生きた人は、同じ病いの芽を抱えている。

それらが発芽し、病いが表出し、すべてが済んでから、どうやらみなだいたい似たようなものにかかっているらしいことを知る。

それまではよくわからないようになっている。

それは誰かのせいなのか？

だとしたら仕掛けたのはいったい誰か？

知りようがない。けれど病院が繁盛する社会など、そもそもおかしい。

ワクチン、農薬、化学物質、ある特定の食物……これらの不思議な奨励を、されるがままに受け入れてきた。

放射能汚染問題もしかり。「がんは二人に一人がかかりますから」「そういう時代ですから」と言われて「ああ、そうか……」とあっさり引き下がっている。

いつまでこのままでいるのか。そうは言ってもどうにもならないことを知っている。歴史にも現れている。

それでも言わずにおれない。戦争体験者の方が戦争反対を語られるように、私もがん体験者の一人としてがん蔓延に反対だ。ダメなものはダメ、なのである。

私たちの問題は、この国の過去と、当然ながら深いところでつながっている。そこをしっかりみていかなければならないのだろう。

「〜なければならない」はない

ふと気づくと、元気にしている自分がいる。

こわい。

日々の忙しさに流されて、以前に戻るのはごめんである。

病気の治療も、二度とやりたくない。

したがって私はやはり、じゅうぶんに気をつけて生きなければならない。

そんなときはわざとゆっくりやってみる。いろんなことを。


スピードについて考えている。

掃除機をかけるとき、これまでのイメージの、倍の時間をかけてやってみたら楽しくできた。

楽器の練習にしても、あるていどの速さでたくさんの音符が吹けることをめざしたりするのだが、考えてみれば自分の気持ちを表現するのにそんなに音数《おとかず》がいるだろうか。

お茶はゆっくり淹《い》れるとおいしいし、食事はゆっくり噛《か》めばおいしいうえに体にもよい。

これまで当然だと思っていたスピードは、じつは間違っていて、私はまだ本物の速度にたどりついていない。

これまで当然だと思っていたことは何もかも当然でないのかもしれない。

そうなると、はたしてパンツは穿《は》かなければならないのだろうか、とか、トイレで紙を使わなければならないのだろうか、とか、あらゆることに疑念がわく。

「～なければならない」なんてことはそもそもこの世になくて、あらゆるものは朽ちてゆくし、自分にとっての真実を見きわめてゆくほかないのかもしれない。

自分が変われば世界は変わる

たいてい一晩に一度、用を足しに、夜中に起きる。

勢いよく尿が出るとき、私は暗闇の中でひとり幸せを噛みしめる。

昼間用を足すときには思わないのだが、静まりかえった真夜中に自らの放尿の音を聴くとき、つくづく噛みしめる。ああ、いま私はたしかに健康なのだと。

サラサラで無臭の尿。泌尿器の痛みもない。私の腎臓と肝臓が、しっかり働いてくれている。

よくもまあここまで治ったものだ。

がん治療を終えて、しばらくが経ち、いま私は間違いなく生きている。

私ががんになったのは、変化の始まりであったと思う。主に「前の自分からの変化」だ。

人によってそのきっかけは、がんとはかぎらない。別の病気や事故、失業、離婚などであるのかもしれない。いずれにせよ、人は簡単には変われない。

私の場合は、がんにならなければそうはならなかった。

逆にいえば、がんになったからそうなった。

身体が病んで動けなくなってはじめて自分を殻に閉じ込め、深く考えることができたのである。

いったん自分をゼロに戻し、ぜんぶはじめから積み上げるつもりで、徹底的に自分自身と対話する。その軌跡をここに書いた。


私は自分がなぜがんになったのか、どうしても知りたかった。

がん探偵になろうとしたが、うまくできなかった。

真犯人を私は捕まえられていない。

けれども真犯人をとりまくものについて思考する機会を得た。それでじゅうぶんだったと、いまは満足している。だって結果はもう出ているのだ、原因がどうあれ。がんになったということは、そういうことである。そのことをわかっただけでも、捜査の甲斐はあった。


がんは細胞の病気なので、自分のがんと他人のがんはちがう。

自分と他人がちがうのと同じことだ。

一人一人ちがうので、ほかの誰も参考にならない、との思いは、最初の本を書いたときからで、いまもその考えは変わっていない。

一人一人がちがうこと。それ以上に大切なことなどない。


がんについて書き、本を出すなどおこがましいことだという思いもないことはなかったが、こういう流れになった。

「こうなったこと」について、私はもうあれこれ考えないことにした。

犯人探しはもうやめた。

そうすれば、がんになったことからも、会社を辞めたことからも、私は解放される。

そこからやっと、自由になれる。


自分が変われば世界は変わる。

そんなこと、あるわけないじゃん、と決めつけない。拗《す》ねない。そしてあきらめない。

その思いが裏切られても、信じる。また裏切られても、また信じる。しつこく信じる。

そうすることでしか、ぜったいに治らない。

希望が叶《かな》わず、何度絶望しようとも、いくらだって立ちなおってやる。

積み上げてきたものが壊れても、また最初から積み上げて、途中で邪魔が入っても、何者かに壊されても、へっちゃらだ。何度だって積むんだと、そう決めた。決めてしまえばおそれるものは何もない。

「負けるものか、今に見ていろ」

いったい何に対して表明しているのか、わけがわからないが深夜の手洗いでひとりごちる。

冷たい便器に勢いよく放尿しながら、暗闇の中で前を向いている。

私は私でいたかった

がん治療でもっとも大事なことは「Change」であると、私は事あるごとに思いつづけてきた。オバマ元大統領が就任当時、世界に呼びかけたそれに重ねていた。人生の「Change」、すなわち、住む場所を変え、仕事を変え、食べ物を変え、生き方を変える。

二〇〇八年の秋、私はニューヨークでリーマン・ショックに遭遇し、その五十日後にオバマ氏が「Change」と言って大統領になった。私自身もその声を受けた一人のように、二十年つとめた出版社勤務編集者を廃業した。

ところであれから世界は変わったか？

「Change」をいったいどれだけの人びとが実行しただろう？

私の退社後の年月は、リーマン・ショック以降の世界そのものだった。

この間いよいよ地球の細胞は、本格的にがん化した。

私には、わかる。なぜならすべて、自分の身体に置き換えられるからだ。世界で起こっていることは、ぜんぶ自分に起こっている。

オバマ氏は二〇一四年九月の演説で「イスラム国はがん細胞」と言ったが、「イスラム国はがん細胞」だとするならば、がん治療の方針は正しかっただろうか？　しつこく書いているように、がんはピンポイントで攻撃できない、私はそう考えている。

がんの核そのものに対処しようとしたために、問題は深刻化した。身体全体を見ていなかったため、問題はこじれた。予見できたのに、放置した。「Change」することなく、過去の膿《うみ》を出さなかった。

たしかにがん細胞の動きとイスラム国の支配地の広げ方はどこか似ていると思える。イスラム国はほとんどの支配地をほかの反政府勢力から奪っている。これを自分の身体に置き換えるならば、本来の出自に反発しそうな細胞たちを、自分の仲間に引き入れようと巧妙にコントロールしていくがん細胞の増殖、をイメージすることができる。そして彼らは自分の領域を広げていく。

とにかく自分の支配地域を拡大したいのである。

イスラム国にじっさい入って取材したジャーナリスト・常岡さんの本を読むと、〈〈イスラム国の領土の広げ方について〉正面から戦わずに町をかすめ取っていく〉と表現されているのだが、この「かすめ取っていく」という言葉が、私のイメージするがん細胞の動き方に、かなり近い（『イスラム国とは何か』常岡浩介　聞き手・構成／高世仁《たかせひとし》　旬報社）。

極東に住む私たちは、イスラム国やイスラム過激派の残虐行為、非道行為の報道を、断片的に受け取っている。よってイスラム世界全体への疑問や不信感をもってしまうことがある。

しかしイスラムに接すれば、「あんなに優しい人たちがなぜ？」との疑問をもたずにおれない。

「あんなに優しい人たち」はムスリムである。「ぜんぶ、ちゃんとなっている」と、天に丸投げしているおおらかであたたかい人びとのことである。イスラムについて知ると、その教えを信仰している彼らなど、残虐・非道行為からもっとも遠い人びとだと思える。

いまシリアで起きていることは、当然のことながらこの地で起こってきたことの延長線上にある。二〇一一年三月以降、中東諸国で起こった「アラブの春」とよばれる民主化の動きは、はじめ平和的なものだったはずなのに、力で叩かれる、血が流れる、流れれば、武力には武力で、対抗せざるをえなくなっていく。

彼らは怒っている。そして悲しんでいる。やり場のない思いが暴発している。

自分たちが自分たちであることをやめたくなるほどに。


戦後アメリカに向いてばかりいた我々が、その後も米ソ対立に気をとられたり、好景気に踊らされていたりしているまに、イスラムはぐいぐいと復興していた。だいたい、人が増えている。パワーみなぎる若者たちの急増は、イスラム社会全体の成長につながり、それが気に入らない国からの圧力は強まる。その圧力はムスリムたちのイスラム教へのいっそう篤《あつ》い信仰心を生み、イスラム国家をよりイスラム的にした。

バブル期の余韻でぼんやりしていた日本人にとっては、遠い国の出来事な気がした。もちろん無関心な人たちばかりではなかっただろう、冷戦の終焉《しゅうえん》がもたらす「一つの世界」の到来をまじめに夢みた人もいた。

しかし、あれから四半世紀、いま私たちの見ている世界。そこで起こっている戦い。かつてのイデオロギー対立を凌駕《りょうが》する民族の対立、宗教による対立が、あちらこちらで凄まじい地域紛争を起こしているではないか。

この戦いは、「私が私でなくなるおそれ」に始まっており、それが、がんの元になるものと、私は考えているのである。

自己崩壊の危機にがんは生まれる。

本来の自分らしさが破壊されるおそれのあるとき、不本意なシステム変更を強いられそうなとき。したがってがんはまわりにつくられるとも言える。ことの起こりは中心にない、周辺にある。私はそう思ってきた。

ある細胞ががんになるのには、自分勝手になれない。

だからといって、では誰かが意図的に仕組んだものなのか？

そうと言えなくもないが、誰かを一人にしぼれない。意図的に仕組まれた何かを「罠《わな》」と呼ぶなら、それはいくつもの状況が組み合わさって出来上がったものであるからだ。

したがって、がんは私が「無数のツブツブ」と名付けたものたち——すなわち、すべての細胞の共同責任。

「ぜんぶ、ちゃんとなっている」

病気にかかることは治ることの始まりだった。

いま新しいスタートを切った私たちには、地球の細胞たちの声がきこえる。

ほんとうの自分に戻りたいよ。
民主化は誰のために？
細胞たちはつねに揺らいでいる。
どこからか周辺に押し寄せてくる文明という名の、甘い誘惑は尽きない。
「われはいったい何者なのか？」
その問いに答えを求めたプロセス、そこに「病い」があり「戦い」がある。
私は私でいたかった。
たったそれだけのことだったたような気がしてならない。

まとめ――これからの服

本書は五十歳の日本人女性が書いた、がん闘病後、の記録です。

筆者は出版社に勤める編集者でしたが、二十年にわたった会社勤めをやめると決意した際に乳がんを宣告され、退社後は闘病生活を送りました。

がんの一般治療（手術、放射線、抗がん剤、ホルモン剤）を一年半にわたり体験した当時の手記は筆者の最初の著書として、本書と同じくミシマ社より出版されました（『毛のない生活』二〇一二年）。

〈再発はこわい。二度とがん治療は受けたくない〉

そうおそれつつも、闘病が終わればあるていど以前の生活の活気が戻ってくると、ばくぜんと考えていました。

ところが、そうはなりませんでした。

通勤がなくなり、通院もなくなり、東京を離れ実家に帰った筆者は、闘病以降に考えたことをいつかまとめたいと思いながら、それをできていなかったあるとき、同時期に闘病していた友人の訃報を受け取ります。一般に「五年生存でがん克服」とよく言われますが、ちょうどそのタイミングでありました。

亡くなる人もいたなかで、私は生きた。けれども闘病後がハッピーかといえば、けしてそんなことはない、病院を出てからが闘いの本番だったのだと、考えるようになっていました。

そんなことを言ってしまうと、無念にも先に逝った方に申し訳ない、などと逡巡もしましたが、ごく個人的な「毛が生えて五年後」について、まずは書かせていただくことにしたのです。


前著では、筆者が会社をやめると同時にがんが見つかったところに始まって、抗がん剤治療でいったんぜんぶなくなった毛がふたたび生え始めるところで終わっています。

亡くなってしまった友人と、いま生きている自分、その生死を分けたものは何か？

そもそも自分はなぜがんになったのか？

筆者の中でいくつもの問いかけが生まれ、そのなぞを解こうと試み、もがき、

「がん が再発しない生き方・がんを再発させない生き方」を探し求めます。

がんのてごわさの前に何度も挫《くじ》けそうになりながら、出会った頃と変わらぬペースと温度のミシマ社のおかげで、書きつづけることができました。筆者が短文を書くたびに、そのつどそれを受け取ってくれていた担当編集者の星野友里さんは、「ミルコさんが書いているのは、身体のショックがまず先に起こって、それにあとから心が追いついていく過程の物語ですね」と言って、その時間が読んでくださる方に伝わるように、本を編んでくださいました。

そして、そろそろ本を出版しようとタイトルを考案する段になって、〈がんは「似合わない服」〉の小さな一篇が、浮上したのです。星野さんが、「これをタイトルにしましょう」と言い出した。

本編をつらぬくしつこいまでの自問自答と闘病後の日々における思索の旅は、自分以外の方々の人生の転機にも当てはまるものなのではないかとの思いが生まれつつありましたが、自分なりの〈がんの正体〉の発見があって以降、加速します。そして、それがじつは資本主義の象徴のようなものであると。

かつてバブルとよばれる時代が日本にもあって、たまたまそんな折に社会に出て、いいお給料をもらい、その時代を謳歌した人たちがいました。

その後、バブルははじけ、時が経ちました。

バブルの洗礼を受けた人たちは、どこへ行ったのでしょうか？

一部の人たちはお金を稼ぎつづけて、リーマン・ショック以降のいまもなお、その延長線上で暮らしています。

また一部の人たちは、前の自分と正反対の生活、たとえば完全なるオーガニックを志向するなどして生き方を大変更しました。

けれどもみんながみんなそうなったわけでなく、どちらからもあぶれて今の時代に行き場を失ってしまっている――たとえば私――をふくむ人びとは、いったいどこへ？

がん＝バブル＝資本主義？

もしかしてそれらをぜんぶひっくるめて、私たちの着ていた「似合わない服」と呼んでいいのではないかしら？

そうしたことから、筆者自身の、闘病以前の生活を、冒頭に書き加えることにしました。

「似合わない服」を着ていた？（と思われる）頃の私、の話です。

これを書きながら、自分の中に流れてきたものは、いま多くの人が指摘、もしくは支持している「脱・原発」への模索と、似ていると感じました。

ただ、それはAll or Nothingなのか?

いや、そうではない気がしています。

「似合わない服」は原因であり、結果でもある。

「似合わない服」はいっときの「似合う服」であり、自分のところにやってきたそれを、自分から拒むことはなかなかできないのです。

時代、物、お金、場所、人、……そして病いまでもが、縁あってすべていまここにあり、自分を囲む世界であること。一匹のヘンな生き物であることも、小さなツブであることも、その囲む世界の一部の、自分自身であること。みんなそれぞれが違い、同じであることも。

旅を終えてそれがわかったいまとなっては、ぜんぶイエスでぜんぶノー、もう似合わなくなった服や身の丈に合わない服は着ないけれど、今後どんな服が自分のところにやってこようとも、これからはきっとじょうずに着こなせる。楽しんで、味わって、ときに格闘して、寿命をまっとうするその日までとことん着るぞ~! そんな力強い意気込みさえ、ムクムクと込み上げてきています。

このプロセスにおいて、筆者の場合はたまたま「退社」直後に「がん」と出会いましたが、人によっては、転職、離婚、愛する人や居場所の喪失、死別……さまざまなものがあるでしょう。

本書は、会社をやめて病いを得て、行き場のない筆者自身に行き場を与えるために手探りで探った記録そのものでありますが、いまようやっと、まっ平《たい》らな気持ちに至っています。なのでこれからは名もなき小さなツブであることに誇りと自信を持ち、一匹のますますヘンな生き物として、胸を張って生きてゆく所存です。これを読んでくださった方にも、そうあっていただきたいと、勝手ながら願っております。ダーチャのイリーナの言葉を借りれば、「ニチェボー」といったところでしょうか？

二〇一七年七月

著者

山口ミルコ（やまぐち・みるこ）

一九六五年生まれ。出版社で二十年にわたり活躍、さまざまな本をつくる。数々のベストセラーを世に送り出した末、二〇〇九年三月に退社。闘病を機に執筆をはじめる。著書に『毛のない生活』（ミシマ社）、『毛の力　ロシア・ファーロードをゆく』（小学館）がある。

※本書は、「みんなのミシマガジン」（mishimaga.com）に「5年後、」（二〇一五年九月〜二〇一六年二月）、「似合わない服　六本木日記リターンズ」（二〇一七年六月〜）として連載されたものに、大幅に加筆し、再構成したものです。
「すべてを失っても」は、「BIGBAND!」29号掲載分、「ダーチャでニチェボー」は、『ミシマ社の雑誌　ちゃぶ台Vol.2』より再録・加筆しました。

似合わない服

二〇一七年九月十四日　初版第一刷発行

著　者　山口ミルコ

発行者　三島邦弘
発行所　（株）ミシマ社
〒一五二―〇〇三五　目黒区自由が丘二―六―一三
電　話　〇三（三七二四）五六一六
FAX　〇三（三七二四）五六一八
e-mail　hatena@mishimasha.com
URL　http://www.mishimasha.com/
振替　〇〇一六〇―一―三七二九七六

ブックデザイン　名久井直子
装画・挿絵　吉田戦車
印刷・製本　（株）シナノ
組版　（有）エヴリ・シンク

ISBN 978-4-903908-95-3

好評既刊

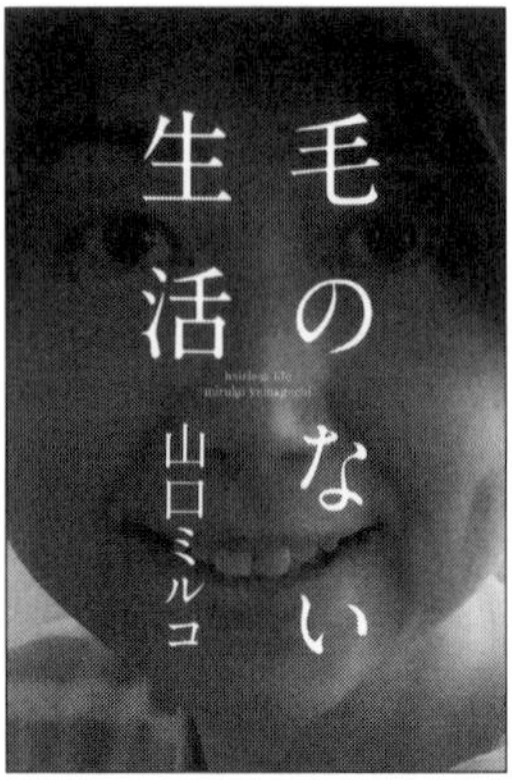

毛のない生活

山口ミルコ

敏腕編集者、会社大好き、そんな著者が思いもよらぬ退社。その一カ月後、ガンを宣告され、突然闘病生活が始まる。

「まさか自分が坊主になろうとは。起きてマクラが髪の毛だらけで真っ黒だったあの朝のことは、生涯忘れないだろう」

何も「ない」日々のなかで見えてきた「これから」の生き方。毎日を真摯に生きる全ての現代人に捧げる渾身のエッセイ。

ISBN978-4-903908-33-5　1500円(価格税別)